前世処刑された悪女なので御曹司の求愛はご遠慮します

★

ルネッタブックス

CONTENTS

Lunetta

プロローグ

今にも雪が降りだしそうな寒い冬の日のこと。

寒さが厳しい冬の時期は、昼間でも人通りは少ない。だがこの日は大勢の人間が王都の広場に集まっていた。

たったひとりの姿を見るために、人々は寒さを我慢し、広場の中央に設置された壇上へ視線を向ける。

パラパラと粉雪が降りだした頃に現れたのは、真っ白なドレスを纏《まと》った美しい少女だ。

雪の化身とも思われそうなほど、色素が薄く見目麗しい。

混じり気のないプラチナブロンドの髪は緩く波打ち、胸の下で揺れている。シミひとつない真珠の肌は寒さで薄っすらと赤く色づき、紅をさした口唇が艶《なま》めかしい。

少女が伏せていた顔を上げて微笑《ほほえ》みを浮かべると、人々は一斉に息を呑《の》んだ。ざわめいていた広場は静まり返り、視線の嵐が少女に集中する。

彼らは少女の美貌に放心し、呆《ほう》けたように目を逸《そ》らせない。

社交界の花であり、あと数年もすれば絶世の美女へと成長するだろうと囁《ささや》かれ続けていた貴族令嬢。その美貌は天使のごとく。その清らかさは聖女のごとく。時折見せる目の煌《きら》めきは妖精のごとく。圧倒的な美しさは人々を魅了する。

数多《あまた》の求婚者を袖にし続け、誰が彼女に選ばれるのかと噂《うわさ》が絶えなかったのは少し前のこと。

彼女の正体は希代の悪女だったと知らされたとき、人々の間に激震が走った。

男女問わず魅了し、求婚者は国内だけに留《とど》まらない。

しまいには自国の王族と、周辺国の王侯貴族までもがたった十七歳の少女に求婚をするという異例の状況へ発展し、やがて傾国の美女と囁かれるようになっていた。

そして雪が深々と降り積もる真冬の日。彼女の処刑が行われた。

少女の罪は無垢《むく》な欲望が招いた混乱と暴動、そして王族の暗殺未遂だ。

彼女は求婚者たちに、彼女に一番相応《ふさわ》しいと思う美しいものを要求していた。

求婚者が増えるにつれて徐々に国内情勢に乱れが生じる。物の価格が上がり始め、需要と供給のバランスが崩れだした。

やがて王子だけならず、早くに王妃を亡くした国王までもが少女の虜《とりこ》となり、王子と父王の関係に亀裂が入った。

『――この国が一番美しい』

国王は、亡き王妃が愛した一番見晴らしのいい王宮の一室を少女に与えることを決め、王子は永遠の愛を捧《ささ》げることを約束し次期王妃になった暁には国宝を譲ると宣言した。

貴族令嬢が招いた終わりの見えない混沌《こんとん》は、国王に毒が盛られたことで緊迫化した。

彼女の求婚者のひとりが、彼女に命じられて毒を盛ったと供述したのだ。

幸い国王は一命を取り留めたが、国の大臣たちは彼女の処刑を決断する。

聖女のように清らかで無垢な令嬢は、腹に卑しき欲望を抱えた悪女であったと。このままでは国が滅びかねない。

私財を費やして求婚を続けてきた男たちは、悪女に騙《だま》されたのだと騒ぎ立てた。

少女の実父は、娘の美貌に惑わされて操られてきたのだと主張し、娘は悪魔憑《つ》きだと証言した。

彼女に群がっていた男たちは手のひらを返して彼女を責め立てる。

まるで魔女狩りのように捕らえられ連行され、裁判など行われることなく処刑日を迎えた。

処刑台に立った彼女は純白のドレスを纏っていた。

用意していた花嫁衣装を一度も着られないのは悲しいと、ささやかな願いが叶《かな》ったのだ。

少女は悪女として処刑される。だがこの場には不釣り合いなほど美しく着飾った少女の姿に、誰もが言葉を失った。

『恐ろしくないのか』

長剣を構えた騎士が、怯えも見せない少女に問いかけた。

国王より下賜された剣には、薔薇《ばら》と双頭の鷲《わし》が刻印されていた。

『いいえ、恐ろしくなどないわ。だって今のわたくしは美しい花嫁でしょう？』

誰もが羨む美しい花嫁。

誰も選ばなかったからこそ、彼女はこの場の全員の花嫁となれる。

『わたくしは最期まで笑っているわ。皆が美しいと称《たた》えたこの顔を、お前たちが一生忘れることがないように』

国を脅かした悪女としての汚名とともに、美しさの代名詞としても歴史に名を刻むだろう。

誰もが自分を忘れられないように、心を奪いつくす笑みを見せる。

首に刃が食い込む瞬間まで、少女はこの場にいる人間を魅了し続けた。

愛を囁き懇願し、欲望を押し付けて見返りがないと知ると態度を豹変《ひょうへん》させる傲慢な男たち。いっそ哀れで愛《いと》おしい。

少女が愛を返すことはない。だって愛を知らないのだから。

『……残念だ。今世であなたを独り占めできなかったなんて』

今にも首を刎《は》ねようとする男が独り言を紡ぐ。

そういえば……、と少女の頭に求婚者のリストが思い浮かんだ。

男の剣に刻まれた刻印に見覚えがあったのは、男の家紋だったからか。

自分を殺す騎士も求婚者だったなんて、運命とは残酷なものである。

『ああ、せめて苦しまずに……来世で会いましょう』

来世など、そんなものがあるのだろうか。

でももし生まれ変わることができるのなら……今度は自由に生きたい。誰にも振り回されず、自分の意思で生きてみたい。

そして次こそは愛を知ることができたらいい。たったひとりと結ばれるような、平凡で穏やかな人生が歩めたら、それを人は幸せと呼ぶのだろう。

——わたくしには、過ぎたる夢かもしれない。

『あなたを愛してます——』

真っすぐ自分を見下ろす男の瞳は深い海の色をしているのに、その目に宿る熱は見慣れたものだ。欲望の焔《ほのお》は何度も向けられたことがある。

少女は返事をすることなく、一振りで首が落とされた。

純白のドレスが真紅に染まっていく。

男は少女の瞼《まぶた》を指で優しく閉じると、赤く色づいたままの唇にそっと己の体温を重ねた。

第一章

『――美しいのだから、愛されて当然でしょう？』

それがこの世の摂理だと疑わない台詞《せりふ》が頭の中に響く。

美しさは正義だ。人は誰しも綺麗《きれい》な花を愛《め》でるものである。

ひと際人目を惹《ひ》く大輪の花が目立つのは当たり前で、特別なそれを飾りたいと願うのも自然なこと。

そう理解できる反面、その考えは危険ではないかとも思ってしまう。

時に美しさが罪となることを知っている。本人の意思とは関係なく、トラブルに巻き込まれることも暴動に繋《つな》がることも、命を落とすことだってあるのだ。

きっと美人には美人にしかわからない苦労がある。

平和な人生を望むなら、容姿は平凡だけど愛嬌《あいきょう》があり、人に好かれやすい方がいい。

そうすれば一方的に一目惚《ひとめぼ》れをした男に狙われることも、貞操の危機に陥ることも、痴情のもつれで殺されることもなく、最期の瞬間まで穏やかに生きられるだろうから――。

「……いや、容姿が普通で平凡でも、平和とは限らないけど」

まどろみの中から意識が浮上する。

先ほどまで脳内に響いていた少女の声はもう聞こえない。

「ああ、またあの夢か……ほんと飽きないなぁ」

アイマスクを外しながら、ひっそりと溜息《ためいき》を吐いた。


私、羽衣石清良《ういしせいら》には、昔から繰り返し見続けている夢がある。

同じ夢を視《み》るたびに、目が覚めると頭の奥が鈍く痛む。ズキズキとした頭痛はもう慣れたものだ。

夢の中では、私はどこかの国のお姫様のような扱いを受けていて、やたら男性にアプローチをされまくるという。まるで乙女ゲームのような状況なんだけど、だからといって恋愛を楽しんでいるわけでも、イケメン貴公子と恋人になるわけでもない。

彼女は絶世の美少女という名をほしいままにしていた。

大勢の女性から嫉妬されるほど彼女の容姿は美しいようだが、目が覚めるとぼんやりとした髪色しか覚えていないし、なんなら名前もわからない。

確か社交界に出始めた頃から男性にアプローチされまくって、プロポーズの回数は三桁を超えていたはず……。一生分どころか来来世くらいまでのモテ運を使いきっていると思われたが、どうやら彼女の人生はまだ少女と呼ばれる年頃で終わってしまったらしい。

つまり何らかの罪で処刑されてしまったのだ。悪女の汚名を着せられて。

詳細はぼんやりとしか覚えていないので、妬みや恨みを買ったせいで嵌《は》められたのかなという推測しかできていない。

「美人過ぎるって大変だわ……」

手荷物から鏡を取り出す。

長時間のフライトで化粧が崩れるため、日焼け止めしか塗っていない。あと眉がお亡くなりになっていた。

鏡に映る私は、夢の中の美少女とは年齢と、恐らく人種も違いすぎていて、比較にならないほど別人だ。

誰が見てもいたって十人並みの、化粧を頑張ればマッチングアプリでそこそこいいね、が貰《もら》えるかもしれない程度（アプリやったことないけれど）。別にこの人並みの容姿に不満はないし、二十九歳というお肌の曲がり角は過ぎた年齢でも、肌はそれなりに綺麗な方だと思っている。

鏡をしまったと同時に、機内に着陸を知らせるアナウンスが響いた。水を飲むと少しずつ頭の痛みが薄れていく。

夢の内容は忘れて、ようやく目的地に到着するワクワクがこみ上げてきた。

「やっと到着か～長かった」

お尻が痛いし脚もパンパンだ。

でも、長期休暇の海外旅行は久しぶりなので胸が高鳴っている。これから過ごす非日常的な数日間は思いっきり楽しみたい。

スマホのメモに記したやりたいことリストを思い出しながら、私は機内を下りる準備をはじめた。

◆
◆
◆

ゴールデンウイークの連休を一日前倒して、今年は贅沢《ぜいたく》に海外で上半期の疲れを癒《い》やすことにした。

社会人になってから、年に一回は海外旅行を楽しんでいる。

一番多いのは近場のアジア圏だが、今年の行先は念願のモルディブだ。

学生時代からいつかは行きたいと思っていた旅先のトップ五に入るので、思いがけず行けることになったときはテンションが上がりまくった。

自分でもまさかこんな大型連休に、人気のモルディブに行けるは思わなかったけど。学生時代からの友人がお手頃価格のオールインクルーシブプランを見つけて誘ってくれたのだ。持つべきものは同じく旅行好きの友人である。

それを申し込んだのが二月上旬のこと。ゴールデンウイークの海外旅行なんてほぼ埋まっていると思っていただけに、めちゃくちゃ運がよかった。

しかしながら、私は自他ともに認める微妙に不運な女だった。子供の頃から嫌がらせのようなアンラッキーに多々巻き込まれている、トラブル体質なのだ。

楽しみにしていた遠足は毎回熱が出て不参加で、学校行事に参加できても天気予報にはなかったゲリラ雷雨に見舞われたり、修学旅行先で財布を落としてバスに乗り遅れた挙句、自力で帰らざるを得なくなったこともある。

子供の頃はしょっちゅう頭上から鳥のフンが落ちてきて、晴れの日も傘をさして登下校していた。

これまでもいくら事前準備を万端にしても、楽しいイベントほど予期せぬアクシデントに巻き込まれてきたため、一緒に旅行に行く友人からは『何事もなく行けるように神社に通って神頼みをしてこい』と念押しされた。それでも旅行に誘ってくれる友人は女神かもしれない。

そういう星回りに生まれたんだね……と私の不運を哀れむ友人に乾いた笑顔を返しつつも、私には思い当たることがひとつだけあった。それが昔から頻繁に見続けている夢だ。

子供の頃、同じ登場人物と場所が繰り返し出てくる夢は前世の記憶の可能性が高いというのをテレビで知ったとき、ものすごく腑《ふ》に落ちた。なにせ夢にでてくる光景は、追体験をしているような心地だったから。

薄々気づいてはいたけれど、夢の中でモテまくっている美少女は私の前世かもしれない。そして恐らく過去の自分が美しすぎて調子に乗ったせいでうっかり罠《わな》に嵌められて、なにかの罪を着せられた挙句悪女として処刑されてしまったのだろう。

処刑理由まではっきり覚えていないけれど、美しさを妬んだ同性の可能性も高そうだ。

でももし前世の行いが悪かったせいで今世の私に影響があるならば、今の私になにができるのか……辿《たど》りついた結論は、善行を積んで不運を相殺したらいいのではないか、というものだった。

今の私と前世の私は別人だけれども。きっと自分ではどうにもならない行いのことを運と呼ぶのだろう。

前世が早死にしたため、今世では少しでも徳を積んで穏やかな人生をまっとうしたい。そのために、私のモットーは小学生の頃から一日一善となった。

町内会のボランティア活動には欠かさず参加し、今でも日常的なゴミ拾いの他、年に数回は各地の海岸でゴミ拾いをしている。

他にも自分の誕生日には必ず献血に行っている。健康に生まれてよかった。

今回のモルディブ旅行は絶対キャンセルしたくない。

旅行までの約三カ月間は普段以上に善行をしよう！　と意気込んで、可能な範囲で徳を積むように心がけた。

朝は運気が上がるように玄関掃除をしてから早めに出社して、職場の掃除をして花を飾ってみたり、仕事の雑用を積極的に引き受けて後輩のミスもカバーして……と、日頃から一日一善をモットーに生きる私にしては、普段以上に〝いい人〟を意識してきた。

些細《ささい》な仕事のトラブルはあったけれど大した問題は起こらず、無事にこのまま休みに入れますように！　と拝んでいたとき。友人にまさかの妊娠が発覚した。

『ごめん……急につわり北。旅行無理そう……私の分はキャンセル料金払っておくから、清良は気にせず行ってきて……』

誤字ったメッセージなんて珍しい。よほど体調不良が続いているようだ。

彼女の妊娠発覚が四月下旬のこと。ゴールデンウイークまで残り二週間ほどのことである。

楽しみにしていた旅行だけど、私もキャンセルするべきか迷いに迷った。でもここで行かなかったら友人が気に病むかもしれない。

自分のキャンセル料を払うのももったいないし……と悩んだ結果、ひとり旅を選んだのだ。

今まで何度もひとり旅はしていたので、苦手ではないのだけど……やっぱり少しだけ寂しさはある。友人の妊娠&結婚（急遽《きゅうきょ》籍を入れたらしい）は素直にめでたいが、それとこれは別物なので。

このときの私は、楽しみなときほど起こるいつもの不運はおひとり様旅行に変更になったことだったか……とのんきに考えていた。

だから少し油断していたのかもしれない。

私の不運は現地でも発生するとは思ってもいなかった。

◆　◆　◆

日本からモルディブまでは直行便がないため、今回は羽田《はねだ》からシンガポールで乗り継いで、無事にモルディブの国際空港に到着した。

飛行機酔いすることもなく、また命の危機に瀕《ひん》するような事故もなく目的地に着陸したことに胸を撫《な》でおろした。

あとは無事に荷物をピックアップできれば一安心だ。

そう思っていたのに……。

「荷物が、こない！」

ずっと待っているが、バゲージクレームで私のスーツケースが一向に出てこなかった。

時間差で最後の一個と思《おぼ》しきスーツケースがゴロン、と出てきたけれど、それも私のものではない。

もしかしてもう一回おまけのように、ラストチャンスの一個が出てくるのかと期待して待ってみたが、十五分が経過してもその気配もなく……。一緒に待っていた最後の仲間と思しき人も、いつの間にか去っていた。

「うそぉ……！　ここに来て荷物が出てこないトラブルが発生……⁉」

私のアンラッキーはてっきり終わったと思っていたのに、現地でも発揮されるなんて嫌がらせでは？　あんなに神頼みをしてきたのに、神様ひどい。

実は今まで一度も、海外の旅行先で荷物が届かないというアクシデントに見舞われたことがなかった。逆にこれまで起こらなかった方がラッキーだったのかもしれない。

「これはトランジットに乗らなかったパターンかな……それか、どっかで迷子になったとか？」

もしくは、誰かに盗まれたか……。最悪すぎるので考えたくないんだけども。

今さら言っても遅いけど、飛行機が到着後にトイレに寄らなければよかったかもしれない。

もしかしたらはじめの方に出ていたのに、私が気づかないうちに誰かが持ち去った可能性もゼロではない……。

でも、持ってきたスーツケースはありふれた黒やシルバーではなく、シャンパンゴールドで目立つ色だし、一目でわかるようなベルトもつけている。

万が一にも間違えて持って行かれないように工夫はしていたが、故意に持ち去られた可能性もあるかもしれない。

「はあ、そんな考えても仕方ないか……」

幸い貴重品と、最低限必要な衣類や化粧品などは手荷物に入れていた。

本当は全部機内持ち込み用の手荷物に入れたかったところだけど、海外に四日も滞在するとなると全部を詰め込むのは厳しい。お土産もほしいし。

サンダルはビーサンだけにしておけば……いや、どちらにせよ荷物は入りきらなかった。

トラベル用のシャンプーや石鹸《せっけん》だけでもそれなりに嵩張《かさば》るし、もしものための備えは怠りたくない。

それに食事が壊滅的に口に合わないことを考えて、インスタントの味噌汁《みそしる》やお菓子は必需品だ。

「このまま待っていても仕方ない。荷物を捜さねば」

確か、こういうときはバゲージロストのカウンターに行くしかない。

航空券とクレームタグを準備する。荷物の引換証をなくさずにいてよかった。

空港の係員を見つけてなんとか事情を説明し、紛失証明書を提出した。調べてもらうと、どうやら荷物はトランジットに間に合わずに、シンガポールで止まっているらしい。

盗まれたわけでも、行方不明だったわけでもなくてよかったけど、いつ届くかわからないっていうのが怖い。

三日経《た》っても連絡が来なかったら問い合わせをした方がいいらしい。って、私の滞在期間は四日なんですが……？

慣れない土地で荷物が手元にないのは心細いが、『大丈夫！　すぐに届くよ！』と励ましをいただいた。

やたらポジティブすぎて不安になるが、不安を口にできるような英語力もなく。

私は力なく「オッケー、サンキュー」を言うだけで精一杯だった。それにここで文句を言っても仕方ない。

盗まれていなくてよかったと前向きに考えた方がいい。滞在中に届くように全力で頑張ってほしい。

「もうこれ以上旅行中のトラブルはありませんように！」

近所の神社で購入したお守りを握りしめて、空港の一画で再度神頼みをするが、不思議と運の悪いことは続くらしい。

国際空港があるフルレ島から目的のリゾートアイランドまでは水上飛行機で移動する。モルディブは一二〇〇ほどの島があり、贅沢にもひとつのアイランドにはひとつのリゾート地しかないそうだ。小さな島ばかりなので、島の面積を考えるとそれが妥当なのだろう。

せっかくモルディブに来たのなら、絶対水上のヴィラに泊まりたい！　と意気込んで、滞在予定のホテルがあるアイランドに到着したのだが……、なんと予約リストから私の名前が消えていた。

「うそでしょ⁉」

もう何度目になるかわからない心の叫びが口から零れた。

レセプションのお姉さんが首を左右に振っている。

もしかして……友人の分をキャンセルしたときに、間違えて二人ともキャンセルされてしまったのかもしれない。

額に冷や汗が浮かんできそうだ。

片言の英語で友人の名前を告げて、二名から一名に変更になったことを告げると、どうやら履歴は残っていたらしい。

そして両名キャンセルされていることが判明した。

レセプションのお姉さんが残念そうに眉を下げた。

「なんてこった……」

飛行機には問題なく乗れたけど、ホテルにのみ手違いが起こったらしい。日本の国内旅行ならこういうことって滅多《めった》に起こらないだろうけど、海外ならあり得そう。

私が滞在予定のリゾート地は、アメリカのホテルが経営している。

ここの水上ヴィラに泊まるのを楽しみにしていたのに……まさか泊まれない可能性が出てきてしまった。

旅行会社に電話すればいいのかな。すぐに対応してくれるだろうか。

でも今ここで交渉してどうにかなるなら、さっさと解決したい。もしかしたら空き部屋があるかもしれないし。

自分の不運体質はいつも最悪とまでは行かないから、きっと悪運が強いはずだ。それに気にしすぎて落ち込むより、さっさと次を考えた方がいい。

今回もなんとかなるかもしれない。いや、なってくれないと切実に困る。

希望を込めて空室を確認するが……。

『空いてる部屋はありますか？』

『生憎《あいにく》三カ月先まで満室となっております』

……おお、ジーザス。

前言撤回。なんとかならないかもしれない。

嫌な汗をかきそうになる。

空き部屋がないとなると、どこか系列ホテルを紹介してもらいたい。もしくは首都のマレにまで行けば、どこか空いているだろうか……水上ヴィラは諦めることになるけども。

なんとかならないかと再度確認しようとすると、背後から男性に声をかけられた。

「なにかお困りですか？」

日本語だ。

「……え？　あ、日本の方ですか？」

「ええ、そうです。昨日からこのヴィラに滞在しています」

同じく大型連休でモルディブに来ているようだが、テレビから出てきたかのような整った顔立ちを見て仰《の》け反《ぞ》りそうになった。

まさか芸能人？　お忍び旅行で来てるとか？

シンプルな白いTシャツとジーンズ姿なのに、とても様になっていて人目を惹きつける。

色素が薄めの髪色は地毛だろうか。よく見ると目の色も灰色のように見える。

思わず見惚《みと》れそうになったが、慌てて簡単に事情を説明した。

「なるほど。手違いで予約がキャンセルされていて困っていると」

「はい、そうなんです……」

訊《き》かれたから答えたけど、親切な日本人の旅行客を巻き込んでしまうってどうなんだろう。

相手も困らせるだけじゃないかな……と話したことを後悔しつつ、慣れない土地で日本人と話すだけで安心する。

相手は見ず知らずの他人だというのに、都会で感じていたような他者への壁が薄れているのかもしれない。

「すみません、ご心配おかけしまして。ここはもう満室のようなので、今から他に空いてるホテルがないか探すところです」

とはいえ、島を移動することになるが。

あてもなく島を転々とするのは骨が折れそうだ。

「今から？　それは難しいんじゃないかな。観光地だし、今の時期は日本だけじゃなく他の国からも大勢の人が来ているから」

男性も親切に相談に乗ってくれたが、新たに部屋を探すのは厳しいだろうという意見だった。

まあ、普通に考えてそうだよねぇ……めちゃくちゃ高いところは空いているかもしれないが、今度は私が払えないかもしれない。普通の会社員の予算は決まっているのだ。

旅行会社には事情を説明してホテル代を返金してもらうとして、これからどうしたものか。

考えられる案はひとつしかない。

「マレに行っても見つからないとなれば、この年になって野宿か……どこかでテントって借りられるかな……」

当然ながらキャンプ道具なんて手荷物に入っていない。二十九にもなって未経験のソロキャンプを海外で経験するのはハードルが高いな……。

「野宿だと？　女性が野宿なんて危険すぎる。それなら私が泊まっているヴィラに来たらいい。幸いもう一部屋あるし、プライバシーは確保できる」

男性から予想外の提案をされた。

藁《わら》にも縋《すが》りたい気持ちだけど、気まずい思いはしたくない。

「ありがたいですけど、もしお連れの方がいらっしゃったらご迷惑ですし……」

私は気ままなひとり旅だけど、相手も同じとは限らない。

さりげなく見てしまった左手に指輪はなかったので、既婚者ではなさそうだ。

アラサーにもなると、こういう自衛を無意識にしてしまう。いつから指輪チェックができる女になったのかな……。

もちろんトラブル回避の意味だけど。

生まれてこれまで色恋沙汰にご縁がないため、黙っていても女性が寄ってくるようなイケメンに近寄ろうとは思わない。隣に並ぶことすら本当ならご遠慮したい。イケメンは画面越しで眺めるのが一番だ。

「同行者はいないので問題はないよ。ちょっと仕事が忙しすぎて疲れていたから、綺麗な海に癒やされたくてね。ひとりで来てるんだ」

「なるほど、そうなんですね。実は私もです。でも、やはり急にお邪魔するというのはご迷惑じゃ……」

「君は海外で困っている日本人を見ても見捨てるのか？」

時と場合によります、とは言いづらい。

もちろん自分ができる限りのことはしてあげたくなるのが人情だが、できないことにまで首を突っ込むべきではないとも思っている。

果たしてこの男性を信用してもいいのだろうか。

朝起きたら貴重品がすべて消えていた、なんてこともあり得るのでは……と思ったが、大した貴重品は持ってきていなかった。

最悪パスポートと財布とスマホさえあれば日本には帰れるし、肌身離さず持ち歩けば大丈夫な気がする。

どうしようかな……リスクが少ない方を選びたい。

もし彼が最悪な状況から救ってくれるのなら、この人の手は救いの手だ。

ここで厚意に甘えなければ野宿になる（かもしれない）。

自分の中で目の前の男性と野宿とを天秤《てんびん》にかけると、やっぱりアラサー女子の野宿はキツイと判断した。トイレ事情が一番心配だ。

「では、ご厚意に甘えてお願いします」

深々と頭を下げると、男性は快く頷《うなず》いた。

「須王誓《すおうちかい》だ。君の名前を聞いても？」

イケメンは名前までイケメンだった。

芸名と言われた方がしっくりくるな、と頭の片隅で思いつつ、私も慌てて名前を告げる。

「羽衣石清良です。数日お世話になります。あ、宿泊代はきちんと支払いますので、ちゃんと請求してください」

「いや、それは別にいらないが」

「そういうわけにはいきません。折半でお願いします」

「まあ、うん。じゃあ部屋に案内してから話そうか」

話がまとまると、須王さんは受付の女性へ簡単に説明をした。私の滞在は自分が面倒をみると告げているようだ。

流暢《りゅうちょう》な英語だ……外国暮らしでもされていたのかな。

もしくは留学経験があるとか。

「あれ、荷物はこれだけ？」

私の手荷物は機内に持ち込んだ大きめのトートバッグがひとつと、ショルダーバッグのみだ。

つい視線が泳ぎそうになった。

「はい……そうですね。今は」

「まさか、ロスバゲ？」

「……ええ、そのまさかです。どうやらトランジットで置いていかれたみたいです。まだシンガポールにあるかと」

須王さんがなんとも言えない表情を浮かべた。

哀れみが込められたような目で見つめられると、私も居たたまれない。

「大変だったな、心細かっただろう。あとで必要なものを買いに行かないといけないな」

「あ、はい。買い物は適当に、最低限のものだけ買ってきます。一応必需品は手荷物で持っているので、なんとか大丈夫かと」

「そうか。なら今日はゆっくり休んで、明日買いに行こうか。じゃあ、おいで。私のヴィラはこっちだ」

須王さんは私のずっしり重いトラベル用のバッグを奪い、颯爽《さっそう》と案内してくれた。

初対面の男性に「おいで」と言われたことが奇妙に感じつつも嫌悪感などはない。むしろ少しだけドキッとさせられた。

って、私の荷物！

「あの、荷物は自分で……！」

「いいから、女性に荷物を持たせて私だけ手ぶらなんて真似《まね》はできないよ。別に人質に取ろうなんて思っていないから、安心していい」

盗まれるとは思っていないけど、そういうものなのかな。

確かに海外に行くと、男性が女性の荷物を持っていることが多いかもしれない。

恋人ならまだしも……いや、もしかしたら他の人には恋人同士に見えるのだろうか。

「すみません、ではお言葉に甘えて……ありがとうございます」

「どういたしまして」

初対面の男性でこんなにも自分を気遣ってくれる人と出会ったことがない。そもそも身内以外の男性と近しい間柄になったことがない。

経験値が不足していて距離感がわからない……。

私が歩く速度に合わせて歩いてくれるところから、随分女性をエスコートすることに慣れているとは思うけど。

世間話程度の会話をしつつ、のんびり歩く。

顔がよすぎて緊張感はなかなか消えないけれど、三日も見続けたら慣れるかな……いや、慣れない気がする。なにせ見目麗しい男性なんて、同じ職場でも滅多にいない。他部署に在籍する灰谷《はいたに》課長くらいだ。

社内結婚まで秒読みらしく、失恋した女性社員を至るところで見かけた。イケメンは高嶺《たかね》の花《はな》だと思う。遠くから眺める程度がちょうどいい。

桟橋を歩いて到着したのは、独立性の高い水上ヴィラだ。

モルディブで求めていたのはこれだよ！　というようなヴィラで興奮する。

隣のヴィラとの間隔も広く人目を気にせずのんびりできそう。

「一番奥のヴィラなんですね……！　すごく贅沢なロケーション」

「そうだね。ちょっと歩くけど、素敵なとこだよ。ここはサンセットが綺麗に眺められることでも有名なんだ。美しいパノラマビューを独り占めできるが、さすがにひとりで眺めるのはもったいないと思っていた。羽衣石さんが来てくれてよかったよ」

須王さんが扉の鍵を開けた。

「どうぞ」と促されて、遠慮気味に中へ入る。

一歩足を踏み入れた瞬間から、思っていた以上の光景に息を吞んだ。

床から天井まで大きな窓があり、重厚感のあるダークブラウンを基調とした木材が落ち着いた空間を作り出している。床は大理石が使用されているのだろうか。もしくはモルディブ産の石材かもしれない。

窓の外は須王さんが言っていた通り、翡翠《ひすい》色のモルディブの海が見渡せた。パノラマ写真のような光景は部屋の中にいても堪能できる。

「すごい……とても素敵なお部屋ですね。ウッドデッキにはお風呂？　いえ、プールまであるんですか」

「そう、海を眺めながらプールに入れる。おいで、外に出よう」

広々としたリビングからウッドデッキに下りる。

大人が三人は楽に寛《くつろ》げる広さのプールと、二人分のビーチベッドが用意されていた。プールサイドには外で食事もできる丸いテーブルも置かれている。

ひとつずつの空間が広い。

プールの隣はまた別のスペースがある。屋根もついてて、のんびりお酒を飲むのによさそうだ。

「たくさん寛ぐ場所がありますね。あ、またビーチベッドが」

「プールにあるのは濡《ぬ》れてもいいベッドで、こっちは日光浴用かな。至れり尽くせりだな」

ウッドデッキはさらに奥へと続いているが、ふと振り返ると室内にあるバスルームが丸見えだった。

ガラス張りのバスルームはリゾートって感じがするけど、これは隠してほしい。

どちらかが外で寛いでいるときにお風呂に入っているのを目撃するのはとても気まずい。スモークガラスになるか確認したい。

もしダメならお互いお風呂に入る前に声をかけるようにしよう……。

ウッドデッキの終わりは海に下りられるように階段になっていた。

直接海に入れるのが水上コテージの魅力だろう。

「なんだか見学しただけで癒やされました……視界を遮るものが一切ないって、本当贅沢な場所ですね」

「だろう？　私も昨日到着したばかりだが、見渡す限り海というのが最高にリフレッシュできる」

須王さんが微笑みながら同意する。

背後の海と相まって、なんだか非日常なシーンに見えた。

まるで映画の撮影に迷い込んだ気分だ。

彼は十分主演を張れるが、私はせいぜい裏方のスタッフだなと思ったところで、ウッドデッキ周りの案内が終わった。

「リビングの奥がベッドルームだ。私はこっちを使用しているんだが、隣の部屋は好きに使ってくれて構わない」

須王さんが最初に案内した部屋がマスターベッドルームだろう。

キングサイズのベッドがひとつ置かれていた。ここはリビングから続き間のようになっており、扉がない寝室だ。

そしてその隣の部屋にはきちんとした扉があり、八畳ほどの部屋とクインサイズのベッドがあった。プライバシーが確保されていることにほっとする。

「すごい素敵です。ありがとうございます。あの、今さらですけど、せっかくのプライベート時間を邪魔してすみません。この景色も空間も全部独り占めできたのに……」

「いや、本当に気にしないでくれ。私もひとりでリフレッシュ休暇として来たのはいいが、逆に人恋しくなりそうだとも思っていたんだ。広すぎて落ち着かなくてね」

須王さんが苦笑した。その表情から嘘《うそ》をついていないように感じられてほっとした。

そもそも迷惑だったらこんな提案していないだろう。

通りがかりでアドバイスをしてくれることはあっても、その程度のはずだ。それをわざわざ困っているから見過ごせないと言い、泊まらせてくれるとは思わなかったが。お人よしすぎないだろうか。

とってもいい人だけど、信用するのはまだ早い。

いい人を装った詐欺師の可能性もあるのだ。世の中善人ばかりじゃないし、逆に私も怪しまれてもおかしくない。

しばらく腹の探り合いをすることになりそうだな……。素性を知らないというのは危険だらけである。

「冷蔵庫に入っている飲み物は好きに飲んでくれて構わない。キッチンにはミニバーがあるから、もしお酒が好きならそれもどうぞ。他になにか質問はあるか?」

「そうですね、質問というよりいくつか事前に決めごとをしておいた方が、お互い気楽に過ごせると思うのですが。いかがでしょう?」

「そうだな。だがその前に、きちんと自己紹介をしておいた方がいいんじゃないかな。確か財布に名刺が……ああ、あった」

須王さんがジーンズの後ろポケットから財布を取り出した。中から名刺を一枚抜いて、私に手渡す。

名刺の表は日本語で、裏は英語で書かれている。

その会社のロゴを見て、思わず目を瞠《みは》った。

「Lily Treeって、あの有名なラグジュアリーホテルの？　海外にも進出してますよね？」

名刺に描かれている白木蓮《はくもくれん》のロゴマークは間違いない。

私もたまーに利用するホテルのシンボルマークだ。ラグジュアリーホテルなので、滅多に泊まれないけれども。アメニティに力を入れていて女子の憧れのホテルである。

「そうだけど、まあホテルだけではないな。その他は不動産業からリゾート開発などに手を広げている」

「そんな幅広い事業を展開する大企業の常務ですか？　え、その若さで執行役員？」

どう見ても三十代前半にしか見えない。

実はすごい若作りをしている五十代だったり？　美魔女の男性版ってなんて呼ぶんだろう。美ダンディ？　なんか違うな……。

「あの～失礼ですが須王さんって、実年齢よりとてもお若かったりしますか？」

「ははは、そんな風に言われたことはないな。私はまだ三十二だよ」

三歳上だった。

あまり年齢は変わらなそうだなと思っていたけど、想定内の年齢だった。

でもその若さでここまで出世をするとは、相当仕事ができるのかな。

いろいろと学べることもありそうだと感心していると、須王さんは少し困ったように眉尻を下げた。

「異例のスピード出世のように思われるのもなんだから言っておくけど、Lily Treeはうちのグループ会社の傘下でね。その縁もあって、この職務を任せられている」

「へえ～、なるほど。うちのグループ会社……って、ん？　あの、まさか須王さんってあの須王グループの？」

「正解」

須王さんがにっこりと笑った。

イケメンの笑みは破壊力があるんだな……眩《まぶ》しすぎて目を閉じそうになった。

ってか、待って。

まさか旅先で偶然出会った人が、日本でも有数のグループ会社の関係者だなんて出来過ぎている。

確認するのは怖いが、相手は御曹司の可能性も……。

どうしよう、変な緊張感がこみ上げてきそうだ。

女性のエスコートに慣れているのも、立ち居振る舞いが同世代の男性とは少し違うと感じていたのも、彼の育ちのよさが表れていたのだろう。

なんだか名刺を貰って信用できるようになった代わりに、余計な緊張が出てしまった。

この名刺をうっかり落としたらとんでもないことに悪用されそう……持ってるのも怖いので返していいかな？

「すみません、私は旅先にまで名刺を持ってきていなくて……ただのしがない旅行好きの会社員です……。インテリア会社に勤務してます。身分証明となるのがパスポートしかないのですが、とりあえず見ますか？　数年前に撮ったすっぴんの写真なので、あまり見ないでほしいんですが」

自分から見るかと聞いておきながら写真は見るなんてひどいな……。

でも私が須王さんを信用できるか疑っているのと同じくらい、向こうも私が不審者じゃないと判断したいはずだ。

こういうとき、名刺って信用を示せるんだなと実感する。なにかやらかしたら会社に通報されるかもしれないと思えば、軽はずみで犯罪行為なんてできないだろう。社会的に死にたくないし。

パスポートを見せると、須王さんは戸惑っているようだった。

一応受け取ったはいいが、すぐに返してくれる。

「パスポートは悪用されないためにも、そう簡単に初対面の人間に見せない方がいい」

須王さんが苦笑した。

どうやら彼の方は私を不審に思ったりしていないようだ。

いい人過ぎて怖くなる。私なんて詐欺師だったらどうしようとまで警戒していたのに……罪悪感が……。

いや、男女は警戒心の度合いが違うらしいから仕方ない。どうしても力の弱い女性の方がリスクはあるのだ。

とはいえ良心がほんのり疼《うず》くので、そっと視線を逸らした。人はやましいことがあると相手の目を直視しにくくなる。

「えっと、それでですね、滞在中の約束でも作っておいた方がいいと思うんですが。須王さんからなにかありますか？　なんでも言ってください。私のことは空気とでも思っていただいて大丈夫なので」

「空気って、それは無理だけど。……私は別に見られて困るものはないけど、互いのベッドルームには無断で入らないとか？　もちろん、私は女性のプライバシーはきちんと守るから安心してほしい」

「ありがとうございます。私も気をつけますね。須王さんの寝室には絶対に近寄らないのでご安心を。その他はどうでしょう？」

「あとは、外に出かける前は声をかけるようにしようか。海外だし、心配しすぎるくらいがちょうどいいだろう。万が一を考えると、同行者の居場所がわからなくて連絡もつかないという状況は避けておきたい」

「はい、そうですね。では連絡先を交換しておきましょうか。あ、悪用したりしないのでご安心ください。この旅が終わったらすぐに消去しますので」

「そんなにはっきり言われると、ちょっと傷つくんだが」

須王さんが残念そうに眉尻を下げた。イケメンはどんな顔をしてもイケメンである。

情緒がなさすぎたかな。旅先でできた縁を日常に戻ったと同時に切るというのは潔すぎるかもしれない。

「ではその辺は個人の判断に任せるとして……チャットアプリは使ってますか？」

「うん、いくつかあるよ。ＩＤを交換しようか」

あまり初対面の相手に個人情報を渡したくないと思われそうだけど、チャットアプリくらいなら大丈夫だろう。

私も飲み屋で知り合った初対面の人と交換することも稀《まれ》にある。

大抵酔った勢いで交換して、素面《しらふ》に戻ってそっと削除するけども……あまりひとりで飲み過ぎないようにと気を付けているのに、たまに楽しく飲み過ぎてやらかしてしまう。私は酔うと陽気な性格になるらしい。

須王さんの場合はどっちかな……連絡先を残しておくか、さっさと削除するか。

スマホアプリでＩＤを交換しながら、もう帰国後のことを考えていた。まだモルディブに到着してなにもしていないのに、すでにあれこれ経験しすぎている。

まあ、いいや。日本に戻った後のことは帰国後に考えよう。

「では個人情報の扱いは追々考えるとして……、他はありますか？」

「その他は……じゃあ、これは俺のわがままなんだけど」

「はい、なんでしょう」

「羽衣石さんさえよければ、食事は一緒にとらないか？　ひとりでレストランに行って食べるのはやっぱり味気なくてね」

確かに、と頷いた。

日本ではひとりでご飯を食べに行くけど、海外だと文化も違うし、ひとりで食事はあり得ないって思われることもあるんだっけ。

なんとなく気まずい気持ちになって、食べたい場所で食べられないというのは避けたい。

私も今回のひとり旅で食事が気になっていたのだ。

周囲の目を気にしなければいいだけなのだが、一度気になってしまうと開き直るのも難しい。

「はい、こちらこそぜひご一緒させてください。ひとり暮らしなのでひとりご飯には慣れてますけど、旅行先だといつもは感じない寂しさがありますよね」

「ありがとう。都会の人ごみから離れたくてこういう場所に来るのに、人恋しくなってしまうらしい。困ったものだな」

それも理解できる。

翡翠色に輝く美しい海を見ながらぼうっとしていたいが、ずっと独りぼっちなのは物悲しくなりそうだ。須王さんもそういう気持ちを味わったのかもしれない。

ひとりで水平線に沈む夕日を眺めていたら、感傷的になって泣くかも。急激に寂しさを感じそう……まだモルディブの夕日を拝んでいないが。

「それで、羽衣石さんの方こそなにかリクエストはないのか？　私ばかり話していたが」

「そうですね……あ、バスルームなんですけど。ガラス張りなので視線が気になるなぁ、と……使用する際はお互いに声をかけるってどうでしょう？　うっかりウッドデッキから見えちゃうことがないように」

「それは私の方から配慮しなきゃいけないことだな。言いにくいことを言わせてすまない」

「いえいえ、とんでもないです」

きっと須王さんのお風呂シーンはお金を出しても覗《のぞ》きたい女子の方が多そうだけど。余計なことは言わないようにしよう。

そして万が一にも見えてしまったなんてハプニングは起きないように気を付けたい。事故だとしても、痴女だと思われたくはない。

互いのプライベート空間を尊重し、基本は好きに自由に過ごす。でも外食や外に出るときは声をかけて、都合が合えば一緒に行動するという方向で固まった。

変なプレッシャーを感じることも緊張を強いられることもなく、心地よい時間を過ごせるように意見をすり合わせて尊重する。

友人と旅行の方が相手の意見を聞き過ぎて遠慮してしまい、気疲れすることがあるけども。それを考えると、彼との時間は気楽に過ごせそうだ。

旅行は相性があるけれど、なんだか不思議だ。知らない人といる方が気楽かもしれないなんて。

家族とすら十年近くも一緒に旅行に行っていないと気づいてしまった。意見をまとめるだけで一苦労するのを考えると、行くまでが大変なんだよね……。ここ数年は家族から誘われることもなかったけども。

両親にもお土産買って帰ろう。

一通りの案内とルールを決めてから、私はホテルのショップで水着や衣類を購入することにした。

◆◆◆

バスルームにはロールカーテンがついていたため、覗き対策は杞憂《きゆう》だった。

環境に配慮したアメニティグッズはプラスティック製品を極限まで減らしたもので、モルディブの意識の高さを感じた。竹製の歯ブラシはなんだか使うのがもったいなかったので、記念に持って帰ることにする。

初日の夜は海中レストランで幻想的な空間を味わいながら食事をするという、貴重な体験をした。

サンゴ礁と魚たちを眺めながら厳選されたグリル料理を食べる。なんとも非日常的な空間過ぎて、竜宮城に招かれたらこんな気分を味わうんだろうな、と考えていた。

須王さんも私も、旅の一番の目的はのんびり過ごすことだったのだが、結果として毎日のようにアクティビティを楽しんでいたようだ。

半日アクティブに動いたら半日のんびり、というようにメリハリをつけていた。

首都のマレでは観光も楽しみ、お土産の工芸品も購入できた。十分旅行を満喫できている。

「須王さん、見てください。ウミガメの写真！　シュノーケリングってはじめてだったけど、ハマりそうです」

「すごいな、よく撮れている。サンゴ礁も綺麗に映ってるな」

私が愛用しているデジタルカメラは防水仕様になっており、水中でも撮れる。今回の旅では非常に活躍した。

この数日ですっかり須王さんと過ごすことにも慣れた。

美人は三日で飽きるという言葉があるけれど、イケメンには当てはまらないらしい。

どんな表情でも見飽きないし、夕日に照らされる須王さんなんて、どこかに映画の撮影クルーが隠れているのでは？　と疑ったくらいだ。ドッキリが仕掛けられていても私は驚かない。

当初抱いていた緊張感は一緒に過ごすうちに薄れてきて、今では撮った写真を気軽に見せられるくらいの気安さになっていた。

「これＣＧじゃないんですよね……まるでウミガメが竜宮城でも案内してくれそう」

「はは、ロマンティストだな」

「女性はロマンティストでもあり、リアリストでもありますよ」

誰しもおとぎ話に夢を抱いたことくらいあるだろう。とはいえ、実際に竜宮城に憧れているわけではないが。

「旅先での写真撮影も旅行の醍醐味《だいごみ》だと思うんですよ。ネットでいくらでも綺麗な写真は探せますけど、自分で撮った一枚の方が特別です」

私のカメラは旅行先に必ず持って行く相棒だ。

これまで撮った写真を見返すだけで、旅先での楽しかった記憶を鮮やかに思い出すことができる。

「そうだね。私は今まであまり写真に興味を持ったことがなかったけど、羽衣石さんの旅の思い出を見せてもらうといいものだなと思えるよ」

「興味が出てきました？　じゃあせっかくですし須王さんのスマホで撮影してあげましょうか」

「私が被写体になるのは恥ずかしいな」

クスクス笑う姿も様になる。

なんだかこんなリラックスした姿を見せてもらえるのも不思議な気分だ。

この数日間、結局食事だけでなくほとんどずっと須王さんと過ごしてきた。

シュノーケリングとパラセーリングも体験し、サンゴまで一緒に植えた。

自由時間は好きに過ごそうって言ってたのに、ひとり時間の方が少ないくらいだ。でも不思議と嫌ではなくて、彼と過ごす空気感にすっかり慣れている。

撮った写真を見返すたびに、自然と口元が緩みそうになった。

そういえば今朝も海で泳いでいたら須王さんが後からやって来たっけ。たった三日過ごしていただけなのに、随分面倒をみられている。

というのも、私が初日から海で足をつって溺れかけたので、心配してくれているのだろう。なんだか申し訳ない。

あの日、ホテルのブティックで水着を購入後。はやる気持ちを抑えながら海に入ったのだけど、足をつって溺れかけてしまった。

それを助けたのが異変に気づいた須王さんだ。自分でも予想外すぎてびっくりしていたところに須王さんが身体を支えて、救出してくれた。

もうなにからなにまで世話になりすぎている。平謝りをするしかない。

『はしゃぐ気持ちもわかるが、いきなり溺れかけるなんて肝が冷えたぞ。君は実は無鉄砲なのか？』

そんなことはないはずです……と言いつつも、声が小さくなった。

今までプールに入っても足がつって溺れるなんて経験はなかったのに……ストレッチが足りなかったのか、年齢のせいか……。これからはあらゆる可能性を考慮しなくてはいけない。

結果、次からは浮き輪なしでは海に入ってはいけないと言われてしまった。

わざわざ浮き輪をレンタルしてくれるほどの面倒見の良さを考えると、須王さんは兄気質なんだろう。弟妹がいらっしゃるのかもしれない。

ちなみに浮き輪でぷかぷか浮かんでいるのも大変気持ちがよかったので、泳がなくても十分満足できたが。

……あれ、もしかしなくても、私から目が離せないから須王さんはずっと傍にいてくれたんじゃ？

なんとも迷惑な同行者である。

でも一緒に過ごせる時間が増えて、思い出がたくさん作れた。

こうして写真を見返して感傷的になりそうなくらい、楽しい思い出を作りすぎたかもしれない。

「はあ、明日で帰るなんて寂しい……この海ともお別れか……」

「そうだな、日常に戻りたくなくなる」

ちなみにシンガポールで止まっていた私のスーツケースは日本の自宅に送られることになった。

帰国日に届けられるくらいなら、自宅に送ってもらった方がいいと判断したのだ。

お土産を入れるためのバッグが追加されたが、多少荷物が増えてもなんとかなってホッとする。

日没まであと少し。

冷蔵庫で冷やしていたシャンパンボトルとグラスを用意した。

「須王さん、最後の夕日を眺めながらシャンパンでもどうですか？」

「いいね。ボトルは私が開けよう。任せて」

須王さんがシャンパンボトルを開けて、グラスに注いでくれた。

「ん〜おいしい！　あ、プールに入りながら飲んじゃおう」

上に羽織っていたラッシュガードを脱いで、水着姿でウッドデッキのプライベートプールに入る。

はじめは須王さんにビキニ姿を見せるのも抵抗があったが、すっかり気にならなくなっていた。

日本から持ってきた水着は露出が控えめだったのに、ホテルで売られていた水着はビキニしか選べなかったので仕方ない……。

「須王さんもプールに入りませんか？」

「そうだね、じゃあ入ろうかな」

近くのテーブルにグラスを置いて、須王さんがシャツを脱いだ。程よく日に焼けた肌がなんとも眩しい。このモデル並みに美しい裸体を心のシャッターで記憶に残しつつ、視線をそっと逸らす。

茜色《あかねいろ》に染まる空は何度見ても飽きないだろう。

「あ、そうだ。カメラ」

「もう夕日はたくさん撮っただろう？」

プールに入る須王さんに指摘された。

確かに散々撮ったけど、同じ空模様なんて存在しないのですよ。

「フィルター越しに見るより、ちゃんと自分の目に残しておいた方がいいと思わないか」

「そう、ですね……仰《おっしゃ》る通りだわ」

最後の夕日くらいは、きちんと自分の目で見続けた方がいい。

ああ……私、名残惜しくなってる。

この美しい光景を眺めるのが最後なのも、彼と一緒にいる時間があと僅かなのも。

日本に帰国したら須王さんとは赤の他人だ。たとえ連絡先を交換していても、関わりを持つことはないと思っている。

だってこの人はたった数日、同じ時間を共有しただけの人。これ以上の関係を築くつもりはない。

私の中で須王さんは、困っているときに声をかけてくれた親切な恩人だ。

それだけの人で、知人でもなければ友人とも呼べないし、特別な関係に発展するなんて考えてもいない。

明日ここを出て行くとき、きっと私から再会を約束する言葉はかけない。

「綺麗な夕日ですね……」

「そうだな」

でも明日までは同じ体験を共有できる、一番身近な人だ。

その後は帰国とともに現実に戻って、須王さんのことはたまに思い出すくらいの存在になるだろう。

羽田空港に到着したらアプリの連絡先も消去しよう。そうすれば後腐れもなく、綺麗な思い出として記憶に残るから。

冷えたシャンパンで喉を潤わせて、水平線に沈みゆく夕日をじっと見つめる。何度見ても、夕日を見ると感傷的な気持ちになるのは何故《なぜ》だろう。

グラスをウッドデッキに置くと同時に、プールの水がチャプン、と跳ねた。まるでなにかの合図のように、二人の間に流れる空気を変える。

「……清良」

「……え？」

羽衣石さん、ではなくはじめて名前で呼ばれた。

咄嗟《とっさ》に須王さんを仰ぎ見る。

思った以上に彼の顔が近くにあり、ドキッと心臓が跳ねた。

少し色素の薄い灰色がかった目が私を真っすぐに捉えている。

その目の奥に潜む確かな熱を感じ取ってしまい、私の体温を上昇させた。こんな目で男性から見つめられた経験がなくてソワソワする。

どこか懇願するようでいて力強い眼差《まなざ》しが、束《つか》の間《ま》私の呼吸を止めた。

「嫌だったら拒絶して。……ここに触れても？」

水で濡れた手が頬《ほお》を包み、親指でそっと私の唇をなぞる。

その動作が官能的で、私の喉がこくりと動いた。

触れるとは、キスの確認で間違いないだろう。

なんで須王さんが私とのキスを望んでいるのかはわからない。もしかしたら夕日マジックで、ノスタルジックな気持ちがそういう衝動をもたらしたのだろうか。

もしもこの場がいつもの日常だったら、誰かと気まぐれにキスがしたいなんて絶対に思わないのに。

私もどうかしているようだ。魔法がかかったみたいに須王さんから目が逸らせない。

これが海外で羽目を外すということなのかもしれない。理性を失わず、自制心だってあるつもりなのに。たった数日一緒にいた人に心を揺さぶられている。

でも、いっか……須王さんとなら。これも大切な思い出の一ページに刻めるから。

「……いいですよ」

僅かでも求められることが素直にうれしい。

心のままに動くことなど、滅多にしないのに。いつも必ず理性が邪魔をするから。

「ありがとう」

言葉で確認を取って、礼まで言う須王さんはとても紳士だ。

彼の体温が近づく気配がして、私はそっと瞼を閉じる。

数瞬後、唇に柔らかな感触が触れた。

シャンパンを飲んで少しだけ冷えた唇が私の唇と合わさって、互いの温度を分け合おうとしてくる。

「ア……ン」

冷たいと感じたのは一瞬だけだった。

角度を変えて唇の感触を味わい、薄く目を開けると須王さんの視線とぶつかった。

……こんな目をしてたんだ。

隠しきれない劣情が浮かんでいる。今まで一度も見せたことがない雄の目だ。

ずっと紳士だったのに……、彼も男の人だった。

その事実がなんだか私の身体を火照らせる。

まさかこんなにも剝《む》き出《だ》しの欲望を持っていたなんて……一体いつからだろう。

須王さんの周囲には美人が大勢いるだろう。私はその他大勢の人間に過ぎないと思っていたから、彼に欲を向けられるなんて思いもよらなかった。

湧き上がるのは驚きと戸惑いと、少しの歓喜。

こんな展開は予想外だったのに、嫌じゃない。彼にとっては魔が差しただけの遊びかもしれないけど、私にとっても悪くない思い出になるだろう。

「口を開けて」

リップ音を奏でて唇が離れたと同時に、熱のこもった声で囁かれた。

腰に響きそうな須王さんの美声が私の理性をぐずぐずに溶かしていく。

「……その顔、たまらないな」

須王さんがスッと目を細め、ふたたび唇を合わせた。今度は触れ合うだけではない、深い繋がりを求めたキスだ。

口内に招き入れた彼の舌が私の官能を引きずりだしていく。

肉厚な舌が私の舌を探り、搦《から》めとって逃がさない。唾液が交わりどうしようもなく身体が火照る。

いつしか不安定な身体を支えるように、須王さんが私を抱きしめていた。

「ン……は、ァ……」

ようやく繋がりが解かれたのは、夕日が水平線に沈みきる頃。最後の瞬間だけ、潤んだ視界で捉えることができた。

「すまない、君に夢中になりすぎて夕日が沈んでしまった」

「……いえ、もう十分見たので」

呼吸が整わない。どうやら熟練の技に翻弄されたようだ。

彼の呼吸はまるで乱れていない。経験値の差が露呈してしまった。

ちょっと、落ち着くまで時間がかかりそう……心臓がバクバクしすぎて苦しいんですが。

顔の火照りと、キスをした余韻が抜けない。

どんな顔をして目を合わせていいのかも、経験がないからわからない。

気恥ずかしさと葛藤していると、ふいに身体を持ちあげられた。

「きゃ……あっ!?」

「ちゃんと摑《つか》まってて。冷えただろう、温めに行こう」

「え、温めにって、あの？」

彼に横抱きにされるのは二回目だ。

一度目は溺れかけたときなので仕方ないとしても、今は状況が異なる。

って、あれ？　さっきので終わりじゃなかった……？

健全な成人男性がキスだけで終われるはずもない。今のキスはまさか開始の合図だったんじゃ
……と、バスルームに運ばれながら気づく。

ヤバい、心臓がうるさい。

これはこのままパクッと食べられるコースなのでは……！　さすがに守備範囲が広すぎません
か、須王さん。

私はお世辞にも美人でもなければ、スタイルがいいわけでもないんだけど！　ビキニ姿を見てい
るんだからそれはわかっているはず……！

「あの、須王さん？」

「最後の夜だし名前で呼んでほしいな」

バスルームの床に下ろされたが、腰を抱かれていて離れられない。

彼はバスタブにお湯を溜《た》めると、すぐさま私をシャワーブースに連れ込んだ。

「あの、ちょっ……わぁっ！」

「やっぱり二人だと少し狭いね。でも二人きりの密室空間っていいな」

オーバーヘッドシャワーを浴びながら抱きしめられる。

はじめは冷たかった水もすぐに心地いい温度に変わったが、密着した肌から彼の温もりを直に感じてしまい、私の身体に熱がこもりそうだ。主に下腹あたりがズクンと重い。

一体なんでこんなことに……！

この距離は恋人の近さでは？

水着を着ていることが唯一の防衛だが、それも熟練の手にかかれば容易《たやす》く崩されてしまう。

「コレも洗わないとね」

「え？　あ、ンぅ……っ！」

意識を逸らせるように上を向かされると、彼はふたたび私の唇を塞いだ。

雨のようにお湯を浴びながらキスをされる。

後頭部に回った手が頭を支え、反対の手が私の背中をスルッと撫でた。

……ん？　今ビキニのリボンがほどけなかった？

続いて首裏で結んでいたリボンまでほどけた。

胸元の締め付けが開放され、私の胸がふるん、と揺れる。

って、手癖が悪すぎませんかね……っ⁉

誰だ、紳士だと思っていたのは。私だけども！

「す、須王さん！」

「誓って呼んで」

なにも締め付けのない背中を撫でられながら、ふたたび触れるだけのキスをされた。

「ち、誓さん、今水着解きましたよね？　なにしてくれて……」

「いいの？　動いて。私としては絶景だけど」

背中のリボンは解かれているが、前面は須王さんと密着しているため完全には暴かれていない。

慌ててリボンを結び直そうとするも、須王さんにパッと手を掴まれてしまう。

「なにを……！」

「だめ。水着も洗わないといけないでしょ」

「それは後でやるので」

「邪魔なものは今はぎ取りたい。それにずっとコレ、解きたいと思っていたんだ」

「ひゃ……っ」

スルッとビキニが抜かれてしまった。

柔らかな膨らみを目前に晒《さら》してしまい、私の顔が真っ赤に染まる。

まさか解きたいと思っているなんて気づかなかった。ポーカーフェイス過ぎる！

「ちょ、ダメです、見ないで……」

「それは無理なお願いだな」

慌てて両手で胸を隠すが、その仕草は逆効果だったようだ。

彼にとっては煽《あお》られているようにしか感じていないのかもしれない。

「さて、そろそろお湯も溜まった頃だな」

シャワーが止まった。

これでこの場から離れられると思ったが、やはり彼に密着するようにバスタブまで誘導されてしまった。

「ちょっ！　待って、なんで須王さんまで脱いで……？」

「お風呂なんだから当然だろう」

そうだけど、私一緒に入るなんて言ってないんですが？

イケメンのストリップシーンがエロすぎた。咄嗟に視線を逸らすけど、頭の中は疑問符だらけだ。

これはもう、仲良くお風呂でイチャイチャというやつでは……。恋人がいたこともないのに、まさかこんな急展開がやってくるとは。心臓がいくつあっても足りない気がする。

でも困ったことに、今すぐ逃げ出したいような嫌悪感はない。

恥ずかしすぎて口から魂が出そうなのに、この先の未知の体験がしてみたいとも思ってしまう。その相手が須王さんならいいかと思えてしまうほど、彼に惹かれているのかもしれない。

シャワーブースからバスタブに連れ込まれても、私は微動だにできずにいた。

「やっぱりお風呂はいいな。ホッとする」

「そ、そうですか……でも、この体勢はちょっと」

大人が三人はゆっくり入れるほど広いのに、須王さんに背後から抱きしめられるように密着している。

私のビキニの上は脱がされていても、下はまだ穿《は》いたままなのが救いだ。だがそれもいつまでもつのかわからない。

「手を放したら逃げられそうだから。こうしてくっついていたい」

「逃げないので、もう少し距離を……」

「距離を空けたら君に触れられない」

背後から伸びた手が私の胸に触れた。

はじめて異性に胸を触られて、身体に緊張と同じくらい甘い痺《しび》れが走る。

「あ……すお……、誓さんっ」

「顔が真っ赤。可愛《かわい》い。まさかキスだけで終われるとでも思った？　残念、私はそこまで紳士じゃない」

「……ッ！」

自覚があったんですね！

もう紳士の仮面はどこかに捨てたらしい。あとで拾いに行きたい。

「食べられる覚悟はできた？」

「あぁ……ンッ」

首筋に顔を埋められて、カプリと甘噛《あまが》みされた。

そのまま強く吸い付かれると、なんだかお腹《なか》の奥までキュウッと収縮する。

身体が火照る……下腹が疼いて、私も期待しているみたい。

……このまま最後まで流されてしまいたい。

美しい獣のような男に捕食されてみたい。

正直、死ぬまで処女を守りたいなんて思っていなかった。ここで捨ててもいいのではないか、と私の中で声がする。

……そうだ。私は恋人を作らないって決めているけど……でも、処女はあげてもいいかもしれない。

恋愛はしない。

恋は人をおかしくするから、そんなものに巻き込まれたくはない。

普通の男女が歩むような平凡で幸せな結婚は、来世に期待しようと思っていた。恋愛結婚して、家庭を持ち、子供を育てて……そんなありふれた人生は私には眩しすぎる。

恋愛をしない主義だから、男性と肌を重ねることもなく死ぬと思っていたけれど。それはこんな機会が訪れないと思っていたからで。

逆に今後も一生独り身で生きていくなら、思い出くらいは作ってもいいのではないか。

その一度きりの相手が須王さんという極上な男性なら、文句なんて出てこない。むしろこれまでにないくらい幸運なのではないか。

少しでも好ましいと思っていた相手に抱かれたら、きっとその思い出だけで私はひとりで生きていける。いつかの未来で、この経験は幸福な思い出だったと言えるだろう。

そっと後ろを振り返る。水に濡れた髪がとてもセクシーだ。

求められる心地よさに胸の奥をくすぐられながら、私はそっと須王さんに問いかける。

「私を食べたいの？」

「うん、とても」

迷いのない返事を受けると、なんだか笑いがこみ上げてきそう。

こんなに真っすぐに求められて、嫌だと突っぱねる理由がなかった。恋人でもないのに一夜の関係は不誠実だなんて思うほど潔癖でもない。

「じゃあ、どうぞ。召し上がれ？」

お口に合うかはわからないけれど。

でも須王さんはおいしく料理をする気でいるようだ。すぐに私を抱き上げた。

「出よう」と一言声をかけて、すたすたとバスルームを去る。棚に置かれていたバスタオルを摑むのも忘れていない。

彼が使用しているベッドの上に運ぶと、自身の身体を拭くよりも先に私の身体をタオルで拭いた。

髪を乾かす余裕はなさそうだ。

私の上に須王さんがのしかかる。彼の雄はすでに臨戦態勢に入っていた。

臍《へそ》につきそうなくらい猛々《たけだけ》しく凶悪で、ずっと我慢をしていることが伝わってくるんだけど……どうしよう。

比較対象がいないからわからないが、立派すぎやしないだろうか。

咄嗟に視線を逸らす。

なんだか生々しすぎて、今見た光景をキノコにたとえようとするけども、ろくなイメージが出てこなかった。極上な松茸《まつたけ》……いや、むしろキノコどころではない。

比喩表現はやめよう。私は思考をストップさせた。

「ああ、これも脱がないと」

須王さんが私の最後の砦《とりで》を脱がしにかかった。なんだか機嫌がよさそうだ。

抵抗らしい抵抗もできないまま、水を含んだ布は床に落とされる。

身体を隠すものが一切ない。羞恥心から身体全体が上《のぼ》せそう……。

「あの、あなたも拭かないと……」

「そうだな、忘れてた」

彼は大雑把《おおざっぱ》に身体についた水滴をぬぐうと、それもポイッと床に落とした。

視線を彷徨《さまよ》わせる私の首筋を指先でなぞり、反応を伺ってくる。

「緊張してる？」

「そ、れは、もちろん……慣れてないので」

「今恋人はいないって言ったけど、最後にいたのはいつ？」

「……それ、今聞く？」

思わずふいっと視線を外した。

なんとなく今まで恋人がいたことはないと明かし辛《づら》い。見栄《みえ》とかではないけれど。

だが須王さんは私の心情を察したのだろう。もしくは初心な反応を見てとっくに気づいていたのかもしれない。

「よかった、君の過去の男たちに嫉妬しなくて済みそうだ」

「嫉妬って……」

「私以外の男にも見せていたかと思うと、胸が焼き焦げそうになる」

言い過ぎではないか。たかだか数日一緒にいただけなのに。

本当、少し情が移っただけの相手に向ける眼差しじゃない。

熱を帯びた双眸《そうぼう》が私を搦めとるように見つめてくる。早く喰《く》わせろと訴えるように。

本能的に逃げたい気持ちと、この先を求めてみたい欲求が混ざり合う。

紳士の仮面を脱いだ獣に食べられたら、一体どうなってしまうのだろう。今までの私ではいられなくなりそうで少しだけ怖い。

でも……期待からか、喉がこくん、と上下した。

口から洩《も》れる吐息も熱を帯びている。

「お手柔らかにお願いします……」

「努力しよう」

ふたたび唇が合わさった。しっとりとした柔らかさが私の理性を攫《さら》っていく。

今日だけで一体何度目のキスだろう。

須王さんとのキスに嫌悪感はない。むしろふわふわとした心地にさせられる。

そういえばどこかで、キスができる相手は特別な人になれるって聞いたことがあったっけ……。

それが相手と付き合えるかどうかの基準のひとつだそうだが、確かにそうかもしれない。

キスをしても大丈夫か、嫌悪を抱かないかを想像して、問題ない人は好きになる可能性があるらしい。多分理屈で判断できるものではないだろう。

須王さんが好きかどうかはわからない。ただ一緒にいる時間が心地よくて楽しくて、そして触れられることが嫌ではない。

でも、私はたった一晩抱かれただけで彼女になったとは思わない。時折思い返しては胸を疼かせる経験として処理するつもりだ。

だから今は、あれこれ考えるのをやめてしまおう。与えられる熱だけに集中したい。

「あぁ……、はぁ……っ」

胸のふくらみを弄《いじ》られるだけで、胎内の熱が膨らんでいく。

自分では決して得ることのない感覚だ。男性の武骨な手で触れられるから、こうして気持ちよく感じてしまうのだろうか。

「可愛いな……もう食べてほしそうにしている」

「あぁ……ッ」

ぷっくり膨らんだ胸の蕾《つぼみ》をキュッと摘まれた。

ピリピリとした電流が背筋を駆ける。無意識に腰が跳ねてしまう。

卑猥《ひわい》に形を変える胸を直視できない。須王さんが私に見せつけるようにねっとりと胸の頂を舐《な》めるのも、恥ずかしすぎてたまらない。

私が恥ずかしがるほど、身体がどんどん変化していく。

太ももをこすり合わせるだけで淫靡《いんび》な水音が響いた。

彼の愛撫《あいぶ》に身体が感じている証拠だ。

「清良、目を逸らさないで。君を可愛がっているのが誰か、きちんと見るんだ」

「……っ！」

意地の悪いことを言いながら、彼は私の官能をさらに引きずりだそうとする。

胸を吸われて赤い鬱血《うっけつ》痕をつけられる。ちくりとした痛みが走るのも快感に変わりそうで、口から微《かす》かな喘《あえ》ぎが漏れた。

なだらかな腹部を撫でられて、下腹にまで到達する。そのまま大きな手は私の秘所へと伸ばされた。

「あ、待って……」

クチュン、と水音が聞こえる。自分でも感じ取れるほど濡れていることが伝わってきて、もう咄嗟に顔を隠したくなった。

「感じやすいようでよかった。濡れにくい体質ならローションを使った方がいいかと思っていたが、生憎手持ちがない」

そう言われてもなんと答えていいか返答に困る。

「……じゃあ、濡れなかったら諦めてたの？」

「いいや？　こんなごちそうを前に諦める雄がどこにいる。清良がドロドロに感じてくれるまで励むだけだ」

須王さんが身体をずらした。

なにをするのだろうと窺《うかが》っていると、私の両膝を立たせてその中心部へ顔を寄せた。

「なぁ……っ、ひゃあ！」

じゅるり、と愛液を啜《すす》りだした。

励むというのはそういうことかと時間差で理解する。

まさか舐められる覚悟なんてしてない……！

はじめての体験に声にならない悲鳴が出そうだ。恋人でもない相手の秘所を舐めるのは行きすぎなのか、普通なのかもわからない。

視界がチカチカと明滅する。

お腹の収縮は止まらず、蜜壺《みつつぼ》は絶えず新たな蜜を流し続ける。

「あ……ダメ、それ……っ」

がっちりと膝を固定されていて動かせない。身体から力が抜けていく。

彼の舌が慎《つつ》ましい花芽を嬲《なぶ》り、きつく吸い付いた。

「ン――ッ！」

胎内で燻《くすぶ》っていた熱が出口を求めて小さく弾けた。

四肢から力が抜け落ちる。

頭が真っ白になり、身体が一瞬浮遊した気がした。

「ああ、すごく可愛い……蕩《とろ》けた顔がたまらない」

須王さんに顔を覗《のぞ》き込《こ》まれた。

彼の灰色がかった瞳には、呆けたように見つめ返す自分の顔が写っている。

恥ずかしい……。

口を半開きにして浅く呼吸を繰り返す。熱を帯びた目はとろんとしている。理性の欠片《かけら》も感じられない。

与えられる熱に翻弄している女の顔だ。

須王さんは私の顔を覗き込んだ後、喰らいつくように唇を塞いだ。

喘ぎも呼吸も彼の口に飲まれてしまう。

ぐずぐずに蕩けた泥濘《でいねい》に指を何本差し込まれているかもわからない。

ただ慣れない異物感を窮屈に感じながらも、膣壁がこすられることが気持ちいい。

……ああ、水音がいやらしい。

下肢から響く淫靡な音。自分がこぼす愛液だと思うと、耳を塞ぎたくなる。

リップ音を奏でて、唇の体温が離れていく。

ツ……と唇に繋がった銀糸がいやらしく視界に映った。

「はぁ……、アァ、ン……っ」

「聞こえる？　清良から零《こぼ》れる蜜の音。私の指を難なく三本も飲み込んでいる」

グチュッ、と音を奏でながら指を抜いた。

透明な蜜をまとった指を直視できない。

須王さんはその指を見せつけるように、私の前でねっとりと舐めとった。

「――ッ！」

なんていやらしいんだ。エロすぎて呼吸が止まりそう……。

「恥ずかしくてたまらないって顔をしてる。でもそんな表情は逆効果だ。余計誘われているようにしか感じない」

そんなことを言いながら、彼が私の脚を肘にかけた。

蜜壺の中心に楔《くさび》をあてがい、ハッとする。

「あ……待って、避妊は？」

僅かに残る理性が確認を求めた。

さすがに一晩の過ちで妊娠するのは困る。

「大丈夫、もちろんつけている」

いつの間につけたのかわからないが、避妊具を使用していることにホッとする。私がぼんやり絶頂の余韻に浸っているときにつけたのだろうけど、どこに隠し持っていたんだろう。

だが安心したのも束の間。身体に衝撃が走った。

「あぁ……ッ！」

ぐぷり、とめりこんだ先端が一拍後、一気に最奥まで貫いた。

「――っ！」

声にならない悲鳴をあげる。

内臓を押し上げる異物感が苦しい。

なんとなくはじめては痛いのだろうとか、辛いのだとか思っていたけれど、なるほどこれが……という感想を抱く。慣れない感覚に翻弄されていた。

「ああ、すごく狭くて搾り取られそうだ……」

須王さんの顔にも汗が滲《にじ》んでいた。

目を細めて様子を窺ってくる。

「大丈夫？」

咄嗟にフルフルと首を左右に振った。

これまで生きて来た人生の中で、間違いなく上位に入る衝撃だ。

まさしく合体という言葉がしっくりくる……と感想を抱くくらいには余裕ができたが、身体はまだ慣れそうにない。

「なら、もう少しこのままで……」

須王さんが私の手を握った。

指を絡めて身体を抱きしめられる。

繋がったまま素肌の温度を感じ取ると、次第に少しずつ心地よさを感じだした。

ああ……外から波の音が聞こえる。

夜の静けさを感じながら、互いの心音も伝わってくる。

熱も汗も共有して、この世界には二人しかいないのだと錯覚しそうになった。

「誓さ、ん……」

「ん？　どうした」

胸の奥に広がっていく充足感は言葉にならない。

心のどこかでぽっかりと広がっていた穴が埋められたような心地だ。それを満たしてくれたのがこの男でよかったと、本能が告げている。

「もう、大丈夫。我慢しなくていいから……」

――あなたも私で気持ちよくなって。

声にならない言葉も伝わったのだろう。彼の眉根がキュッと寄った。

「私は君に溺れそうだ」

「そしたら、次は私が救い出す番ですね」

「言うね。でも、共に溺れてはくれないのか？」

「死んだらおしまいでしょう？」

彼は微笑をひとつ落とすと、お喋《しゃべ》りは後だとでもいうように律動を開始する。

指では感じられなかった圧倒的な質量が私を蹂躙《じゅうりん》した。

「アァ……、ハァ、ンン……ッ」

肉がぶつかり合い、互いの息遣いしか聞こえてこない。

喘ぎ声も止められない。ただ目の前の雄がほしくて、たまらない気持ちになった。

この美しい人が私を求めてくれる……。

こんな風に色香を振りまく姿も表情も、今は自分だけのもの。

私にだけ見せてくれた必死な顔がなんとも心地いい。

独占欲にも似た感情がこみ上げてくるのを感じながら、彼に翻弄されていた。

「君を私だけのものにしたい」

そんなリップサービスを紡ぎながら、私の身体を抱き上げて腰を下ろす。

「ひゃあァ……ッ！」

正常位から体面座位にさせられた。自重で深く屹立《きつりつ》を咥《くわ》えこんでしまい、思わず苦しげに喘いでしまう。

「やぁ、これ……ダメ……っ」

「ダメ？　こうしたらもっと清良と愛し合える」

胸に触れられながらキスをされた。

上も下もどこもかしこも、彼でいっぱいにさせられる。

愛し合うなんて、これは愛の営みじゃないのに。

私よりも彼の方がロマンティストではないか。

……でも、これが愛の営みじゃなければ一体なんなのだろう。

頭の片隅で理性が働き始めるが、意識的に止めた。ごちゃごちゃ考えても無意味だ。

今はただ、互いの本能で貪り合えばいいだけ。

何度目になるかわからないキスをしながら腰をゆっくりと揺する。少しずつ気持ちよさを得られるようになっていたが、私が動くにはまだぎこちない。

「腰が揺れてるな」

「……じゃあ、あなたが動いて」

「仰せのままに」

腰を摑まれて上下に揺さぶられる。

先ほどとは違った角度で膣壁をこすられるのもたまらない。

慣れない筋肉を使って身体は休息を求めているのに、もう少しだけ彼と繫がっていたいと願ってしまう。

「……っ、そろそろ限界だ」

須王さんの汗がぽたりと垂れた。

私の身体がふたたびベッドに沈むと、両脚を肩にかけられた。

繫がったところを見せつけるように腰を打ち付けられる。赤黒い雄の象徴が蜜をまとって飲み込まれていくのがいやらしくて、でも何故か目が離せない。

言葉もなく獣のように互いを求めて高みを目指す。

やがて限界に達すると、精を放つ寸前に楔を私の中から引き抜き、膜越しに吐精した。

「――ッ!」

荒い息遣いが伝わってくる。

私の身体もくたくたに疲弊していた。

このままひと眠りしたいかも……。

シャワーを浴びたのに身体は汗と体液でべたついている。

でもそれが不思議と不快じゃない。

須王さんが手早く後処理を済ませ、私の額に貼り付いた前髪をそっとよけた。

「もう少し保つと思ったんだが、相性がよすぎたようだ。身体がべたついて気持ち悪いだろう、汗を流そう」

「……いえ、どうぞひとりで……」

「ダメだ、慣れないことをして身体が辛いだろう。私に介抱させてほしい。風呂のお湯は冷めているだろうから、もう一度入れ直してくるか」

「え、いえ、大丈夫……」

制止を聞かずに、彼はバスルームへ向かった。お湯を張る音が伝わってくる。

これは、また一緒に入るパターンだろうか……？

今のうちに自室に行って……いや、その後が気まずくなるかもしれない。

「軽く風呂に入ったら夕飯を食べに行こう。この島での最後の晩餐《ばんさん》だ。なにが食べたい？」

須王さんは私の身体を抱き上げて、ふたたびバスルームへ連れ込んだ。声に甘さが混じっているのは気のせいじゃないだろう。

くすぐったい心地にさせられる。恋人とのひと時を疑似体験しているみたい。

一緒にお風呂に入ることは決定事項のようで、私に拒否権はなかった。

一日目と同じく水中レストランで夕食をとり、水族館の中で食事をするという不思議な経験を満喫した後は、なし崩し的に彼の寝室に泊まることになった。

肌を重ねることなく、抱きしめられたまま寝転がる。

「もう一度抱きたいけど、生憎ゴムがないから……我慢する」

そんな宣言をされて、思わず笑ってしまった。ひとり旅行でゴムを何個も持っている方がドン引きなので、逆に好感度が高いかもしれない。

誰かと一緒に眠るなんて、子供の頃以来の経験だ。

熟睡なんてできないと思ったのも一瞬で、気づけばどっぷりと眠りに落ちていた。よほど慣れない行為で疲れていたらしい……。

翌朝。いつもより少しだけ早く目が覚めて、そっと須王さんの腕から抜け出した。

まるで恋人のような時間を過ごせたことをほろ苦く感じる。

「……たった一晩でこんな気持ちを芽生えさせるなんて、怖い人」

一生縁がないと思っていた、胸の奥を焦がすような甘いひと時。そんな経験をさせてくれてうれしいのと、切ない気持ちが同じくらいの割合だ。

この人の傍は居心地がいい。

でもそれも今日でおしまい。

これから私は日本へ帰る。非日常的な時間に別れを告げなくては。

そっと寝室を出て、キッチンへ向かった。

「……あれ、須王さんの自宅の鍵かな？　こんなところに置いてたら捜しそう」

備え付けのミニバーのカウンターに、彼の私物と思しき鍵があった。バーでお酒を作ったときにでも置いたのだろうか。

目につきやすいダイニングテーブルにでも移動させた方がいい。そう判断し、鍵を持ちあげた。

鍵にはダークブラウンの革で作られたキーホルダーがつけられていた。

どこの有名ブランドだろうと思いひっくり返して……息を呑んだ。

革に刻まれたエンブレムは特徴的で、有名なハイブランドのロゴでもないのに……私には見覚えがあった。

「薔薇と双頭の鷲……」

頭の奥が鈍く痛みだす。遠い昔の記憶を思い出すように、頭に映像が流れた。

薔薇と双頭の鷲の紋章は、とある貴族の家紋だ。

「なんで、須王さんがこれを……？」

じっくりと確認するが、どこにもブランドネームが刻まれていない。

このキーホルダーが既製品ではない可能性が高くなった。

頭のどこかで警鐘が鳴る。

既製品でもないエンブレムを持ち歩く須王誓という男は、一体何者だろう？

「……ッ！」

もしかして私、とんでもない男と関係を持ったんじゃ……？

一瞬にして身体の芯がスッと冷えた。

これまでどんなに嫌がらせのような不運が続いても、最悪にまでは至らなかったのに。

もしかしたらこの出会いは私を望まぬ道へ誘っているのではないかと、思わずにはいられなかった。

第二章

『×××、私のかわいい娘。お前は実に美しい』

幼い少女のプラチナブロンドの髪を撫でながら、父親が娘をほめそやす。

『菫色《すみれいろ》の瞳は母親譲りだな。私のような平凡な茶色の瞳が遺伝しなくてよかった』

母親と同じ目の色を継承できたことをうれしく思いながら、少女はにっこりと笑った。丸く滑らかな頬は薔薇色《ばらいろ》に色づき、どこから見ても愛らしい。

混じり気のないプラチナブロンドと菫色の瞳、真珠の肌に小さな唇。

まるで神が丹精を込めて作り上げた等身大の人形のようだった。

可愛いものは好き。綺麗なものも好き。

美しく着飾れば誰もが褒めてくれる。

多忙な父親の機嫌がよくなるから、少女は常に微笑んでいる。

『お前が望めば、男はなんでも与えるだろう。跪《ひざまず》いて愛を乞う男を選びなさい』

人が美しいものに惹かれるのは自然の摂理だから、少女が我がままを言うのは許されることなのだ。

愛を乞う男を選べといいながら、男は娘に爵位も資産もあり、特に顔がいい男を選ぶようにと言う。

まだ十にも満たない少女にはいささか早いが、幼いうちから婿養子の条件を理解しておいた方がいいと考えたのだろう。

顔がいい男と結ばれれば、その美貌も必然的に子供に受け継がれる。

よほどの隔世遺伝が起こらない限り、少女が産む子供は少女と同じかそれ以上に見目が麗しくなる。

新しい髪飾りを少女に贈り、男はふたたび小さな頭を撫でた。

『お前はまこと、私の最高傑作だよ』

娘を溺愛する言葉を紡ぎながら、その目は娘の心を見ていない。

歪《いびつ》な情を向けられつつも、少女は父親に褒められたことだけを受け止める。

病的なほど美しさに囚《とら》われた男を哀れに思う感情は、まだ湧いていなかった。

◆　◆　◆

「……っ」

大きな手で頭を撫でられる感触とともに目が覚めた。

パジャマ代わりに着ているTシャツが汗でぐっしょり濡れている。

「……また、昔の夢」

やたらリアルな夢は見慣れてしまったが、もはや夢というより追体験だ。

夢の中で、昔に起こったことをなぞっている。

今日は三十代後半と思しき男の顔がはっきり思い出せた。

昔の洋画に出てくる俳優に似ていて相当顔立ちが整っているけれど、あの茶色の目で見つめられると蛇に睨《にら》まれた蛙《かえる》のような心地になってしまう。

「……はぁ、気持ち悪い」

胸の奥になにか異物がつっかえたような息苦しさだ。

吐き気がこみ上げてくるのをグッと堪える。

あの男は、前世の私の父親で間違いない。何度か名前を呼ばれていたのに、彼がなんて私を呼んでいたかは思い出せない。

けれどひとつ、新たに思い出せたことがあった。

菫色の瞳は母親譲り。

でも記憶にある母親の目は、本当に菫色だったっけ？

「……ダメだ、わからない。曖昧な情報ばかりだわ」

枕元に置いてある夢日記に、今日の夢を書き込む。私が視た前世の夢は、時間とともに曖昧になってしまうので、記憶が新しいうちに記入しておくのだ。

前世の自分のプロフィール作りをしてなにが楽しいかと言われても、別に楽しくないのだが。今世で役に立つ情報があるかもしれないと思っている。

薔薇と双頭の鷲の紋章は、私が覚えている有益な情報のひとつだ。

今朝の夢日記を書き終わると、完全に目が覚めてしまった。

時刻はちょうど朝の五時を過ぎた頃。これから二度寝をしてもいいが、汗で貼り付いたシャツは着替えないと気持ち悪い。

仕方なく起き上がり、キッチンで水分補給をしてから浴室へ向かった。

シャワーでも浴びれば少しはすっきりするかもしれない。

頭からシャワーを浴びると、ふいにモルディブで過ごした最後の日を思い出す。

後ろから抱きしめられるように二人でシャワーを浴びてキスをした、官能的な時間。肌をまさぐる手の温度もまざまざと蘇《よみがえ》ってくる。

あの日の出来事は、日本に帰国して数日経っても私の身体と記憶に残っていた。シャワーを浴びるだけで思い出すなんて、これから先どれだけ引きずるんだろう。

「……って、ダメよ、早く忘れないと。あれから毎晩前世の夢を視るのは、須王さんが関わっているからかもなんて、馬鹿げてるわ」

数日一緒に過ごした須王誓という男は、もしかしたら私と因縁があるのかもしれない……と考えるのは漫画の読み過ぎだろうか。

シャワーを浴びながら溜息を吐く。

「……流されて処女を捧げた男が実は前世で私を殺した騎士の生まれ変わりかもしれないなんて。笑いも起きない」

そう自分に言い聞かせているのに、もしかしてという疑念が消えない。

モルディブでたまたま見かけた彼の私物は、今でもはっきりと思い出せる。

薔薇に双頭の鷲が刻まれた紋章。

たまたま似たようなロゴのブランドがあったならなにも思わなかっただろうに、既製品じゃないから怖い。

薔薇と双頭の鷲の組み合わせは珍しいと思う。細かいところは違うかもしれないけど、記憶の中の家紋と限りなく近い。

「そう、あれは……ローゼンフォード伯爵家の家紋で間違いないはず。なんで須王誓がそれを持っていたの？」

私の夢日記には、その紋章のことも書かれていた。ローゼンフォード伯爵家というのは数少ない前世の情報だ。前世の私を処刑した騎士が、その伯爵家の人間だった。

特定の家紋に似たキーホルダーは、誰かからの贈り物かもしれない。

でも、彼が何らかの意図で作らせたオーダーメイドのものの可能性も高い。

けれどそれを確かめる術はない。

私は日本に帰国したと同時に、スマホのチャットアプリから須王さんの連絡先をブロックした。

彼との関係もここまでだろう。

モルディブで一時結ばれた縁だけど、それは日本に帰ればあっさり消えるのだ。

「ほんと、早く忘れよう」

シャワーの温度を下げて、私は身体の内側で燻り始めた熱を宥《なだ》めることにした。

◆　◆　◆

ゴールデンウイーク真っただ中の火曜日。

私は久しぶりに会った学生時代の友人と食事に来ていた。

話題は尽きず、互いの近況報告から最近の旅の話まで語りつくす。

「うわ～結局荷物は間に合わず自宅に送り届けられたわけ？　相変わらず災難過ぎる……」

残念そうな表情で私を見つめてくるのは、三坂繭香《みさかまゆか》だ。高校からの同級生で、今でも年に数回は会っている。

「相変わらずって言われると、否定できないけど……まあ、スーツケースに入ってたものはそのまま戻って来たから、一応安心したわ」

「あれだね～、清良の場合荷物はコンパクトにまとめて、機内に持ち込みだけにした方がよさそうだよね。そういえば高校の修学旅行でも、あんたの荷物だけ出てこなくて大変だったこともあったっけ」

「あれ、そうだったっけ？　よく覚えてるね、そんな十年以上前のこと」

確か高校の修学旅行は台湾《たいわん》だった。

「そうだよ～同学年の中で何故か清良の荷物だけが取り残されて、翌日ホテルに届けられたんじゃん。アンラッキーがありすぎて忘れちゃった？」

「……あ、言われてみればそうだったわ。思い出した」

今まで海外でロスバゲしたことないと思っていたけど、一度発生していたらしい。

私の微妙な体質を知っている友人は、もうその程度の災難には驚きもせずに笑ってくれるのが救いだ。

まあ、それまでも自分自身ではコントロールができない些細な不幸はたくさんあったけど。最後は笑い話になるなら、それでいいや……。

「清良って品行方正で真面目な優等生なのに、なんか幸が薄いって呼ばれてたよね」

「ひどい。美化委員に入って積極的に校内のゴミ拾いもしてたし、先生たちの雑用だって引き受けてたっていうのに」

「でもほら、そのボランティア活動のおかげでちまちまと徳を積んできたから、いつも最悪には至らなかったって言ってたじゃん。一日一善だっけ。そのマインドを実行できるってすごいことよ？」

「ありがとう……」

繭香が慰めるようにドリンクメニューを渡した。

相変わらず二人で話していると飲むペースが速くなる。話しすぎて喉が渇くので。

「次は紹興酒にしようかな～清良は？　またウーロンハイにする？」

「そうね、もう一回同じのにするわ」

「オッケー。すみませーん」

人気店の台湾料理を食べながら、繭香がドリンクの追加をオーダーした。

エビの春巻きにたっぷりと酢醤油《すじょうゆ》とからしをつけて頬張《ほおば》る。熱々の春巻きとぱりぱりした食感がおいしい。

「まあ、でも元気そうでよかったよ。仕事の疲れも綺麗な海で癒やせたようだし」

「ありがとう。いろいろあったけど、行ってよかったわ。シュノーケリングもできたし、海を眺めるだけで癒やされたし」

一緒に行く予定だった友人にもお土産を送ったらめちゃくちゃ喜ばれた。一緒に行けなくてごめんって謝罪もされたけど、ひとり旅じゃなかったとは言えなかった。さすがにホテルが手違いでキャンセルされてたと言ったら、気を病んでしまうかもしないので……妊婦に余計なストレスは与えたくない。

「で、写真は？　あんたSNS全然やらないから、その綺麗な景色を見せてもらってないんだけど」

「それがさ……私の相棒のデジタルカメラちゃん、モルディブに忘れてきたっぽいんだよね……」

思わず溜息が出てしまう。

記憶を掘り起こすようにこめかみをぐりぐり刺激した。

「うわーマジで？　悲惨！」

タイミングよくドリンクが運ばれて来た。

藺香が「ほら、飲みな」と私のウーロンハイを渡してくる。

「ありがとう……いくら捜しても見つからなかったときは、ショック過ぎて泣けたわ」

スマホでも撮影していたけれど、それも微々たるもの。

一応旅行後のルーティンとして写真のバックアップは取っていたため、これまでの旅先での写真まで紛失したわけではないけれど。モルディブで撮影した写真は取り返せない……水中で撮影したいくつもの写真は消えてしまった。

「ああ……ウミガメが近づいてきてくれて、運よく写真が撮れたんだよ！　可愛い魚も、サンゴ礁も溜息がでそうなほど綺麗で……もお～どうして忘れてきちゃったの……」

「ホテルに連絡したら？　もう確認した？」

私の肩がピクリと揺れた。

「……うん、忘れ物はなかったって」

「あちゃ〜」

同情してくれる繭香には悪いが、ごめん。嘘をついた。

いくら明け透けに話せる友達でも、さすがに言えないわ……実はその場で出会った日本人男性の部屋に泊まっていたなんて……。

もしも逆の立場だったら、めちゃくちゃ繭香を心配するし、危険だと注意する。

結果的になにもなければ問題はなかったかもしれないけど、しっかりなにかがあったわけで……。

これまで私が恋愛に興味がないと言っていただけに、今さら新たな心配の種をまくのも躊躇《ためら》ってしまう。

これは必要な嘘だから仕方ない。いくら友達でも、言えないこともある……。

相手を心配させるような事実は伝えなくていいだろう。

「このトリュフ入りの小籠包《しょうろんぽう》めっちゃおいしいよ」

「え、食べる！」

私は小籠包を薦めつつ、食べ比べに集中することにした。

まだ飲み足りないと言う繭香に連れられて、駅から徒歩五分ほどにあるバーにやって来た。

小さな看板がひとつで入口は地下のため、ひとりで歩いていたら素通りしてしまいそうだ。

「ここ、最近見つけたお店なんだけど、ちょっと変わってて面白いんだよね」

「へえ？ っていうか入口の看板、パフェが描かれてたんだけど？」

「そうそう、夜パフェの店なんだよ。表向きは」

夜パフェ……昼間も営業しているのか気になる。

店内に入ると、カウンター席が三つとソファ席が二つの小ぢんまりした店だった。

くすんだブルーグレイの壁紙に白いテーブルと、ガラスのペンダントライトが洒落《しゃれ》ている。流行を意識したインテリアだから、まだ開店して一、二年だろうか。

「あのガラスの照明がいいな、どこの工房の……って、そうじゃなくて。飲みに来たんだよね？

いや、まさかパフェを飲むつもりで？」

いけない、つい仕事目線になりそうだった。

パフェを飲み物扱いしていたら心配になるんだけど、デザートより酒が好きな繭香は「こっち」と店内の奥を指差した。

店員になにかを告げると、手のひらサイズのカードを渡された。

洋書が並べられた本棚の隙間にカードを差し込むと、小さな電子音とともに本棚が動いた。

サッと入り、本棚の扉を閉める。内側から見ると普通のスライド式の扉のようだ。

「え、なにここ？」

「いいでしょ、隠れ家風のバーってやつ」

先ほどまで若い女性が好みそうなパフェ店だったのに、なんとも雰囲気の違うバーが現れた。

重厚感漂う空間とＢＧＭのジャズがよく合っている。

店内の広さから、こちらがメインなのかもしれない。

「いらっしゃいませ。お好きなお席へどうぞ」

繭香がバーテンダーへカードを渡す。帰りは自由に出られるのだろう。

「あ、奥のカウンター席が空いてるね。あそこにしよ」

店内にはちらほらとまばらに人が座っているが、運よく繭香の目当ての席が空いていたようだ。

確かに奥の席の方が居心地よさそう。

滅多にオシャレなバーなんて来ないから、照明の暗さが気になる……メニューがなんとか読めるくらいの暗さだ。

ムーディーな空間を演出するにはこのくらいがちょうどいいんだろうけども。あと化粧崩れがごまかせそう。

「よく見つけたわね、こんな隠れ家バー」

「でしょ～。って言っても、私もこの間はじめて彼氏に連れてきてもらったんだけどね。で、なに飲む？　私はホワイトレディにしよっかな」

「またそんな強いのを選んで大丈夫？」

「平気平気、全然酔ってないから」

確かにまだ酔っているようには見えない。相変わらず酒豪だわ。
「じゃあ私はギムレットにしようかな」
ホワイトレディと同じジンベースのカクテル。爽やかなライムの香りがすっきりさせてくれそう。
ほどなくしてカクテルが出来上がり、本日二度目の乾杯をする。
そういえばモルディブでも、須王さんがミニバーでカクテルを作ってくれたっけ……イケメンは
そんなことまでできるの？　と驚いた記憶が。
ほんと、女子にウケそうな趣味をお持ちだわ。ご本人は見様見真似《みようみまね》と言っていたけど。
「それで、清良は未《いま》だに誰とも付き合わないわけ？」
「……っ！」
ぼんやりと須王さんのことを考えていたら、見透かされたようなタイミングで問いかけてきた
な！
一瞬焦ったけど、藺香は一緒に頼んだチーズとオリーブを摘まんでいた。私も同じくパクリとオ
リーブを頬張り、ドキッとした心臓を宥める。
「もちろん、そのつもりよ」
「清良がそうしたいって言うなら否定しないけどさ、もしいい男からアプローチをされたらどうす
んの？　それでもなびかないってのは、もったいないなぁって思うわ。だって私たち二十代最後の
年なんだよ」

……ごめん、実はもうなびいてしまった。

でもあれは一度きりの過ちだし、二度はない。

「ありがとう。繭香が心配してくれてるのはわかるけど、多分私は変わらないかなぁ……恋愛で心を乱されるくらいなら、他に楽しいことを見つけて堅実に老後資金を稼いだ方がいいって思えちゃって。このままひとりでいつか後悔するのかな？　って考えるときもあるけど、でもやっぱり自分で選んだことは後悔しないと思うわ」

「清良がそう言うならいいけどね。恋愛で疲弊したくない気持ちもわかるし」

今でこそ繭香は彼氏とうまくいってるけど、これまでの恋愛遍歴はなかなかハードだった。でもそれでも私みたいに最初から諦めずに、人を好きになり続けるのは純粋にすごいと思っている。はじめから恋の土俵に上がらない私には、傷ついても次の恋を探そうとする貪欲さが眩しい。臆病な私は繭香のようにはなれそうにない。

「まあ、安心して。次引っ越すときはペット飼育可能の部屋にしようと思ってるんだ」

「ますます独身生活を謳歌《おうか》するつもりじゃない。それで清良が幸せならいいけどね。恋愛や結婚＝幸せとは限らないし」

そうあっさり退いてくれるところも、彼女のいいところだ。

私は意識的に人を好きにならないようにしているから、きっとおばあさんになっても誰かに愛の告白をすることはないだろう。

今度は恋愛沙汰で死にたくないから、恋愛以外で人生を謳歌する。

前世の罪を今世で贖《あがな》うなんて気持ちはないけども。前世の記憶がぼんやり残っていることが今の私の生き方に影響している。

「で、繭香こそ、今の彼氏とはどうなの？　このまま結婚する感じ？」

「んー、どうだろう。実は私も結婚願望はあんまりないというか……今も同棲《どうせい》してるし、このままでもよくない？　って思っちゃって」

「なるほど……同棲すると二極化しそうね」

現状維持をずるずる続けるか、法的に一緒になることを決意するか。

世の中、好きだから結婚するなんてシンプルな考えばかりじゃない。

「結婚とは違う、第三の制度がほしいと思わない？　家庭を作るとかじゃなくて、互いを支え合うことを目的とした心の繋がり重視のパートナー的なやつ」

「それ、最近よく思うわ……入籍はどっちかが名前を変えなきゃいけないから躊躇うし、かといって事実婚がしたいわけでもないし。もっと精神的な生きやすさを重視した制度で、両親や親戚付き合いを含まないやつがほしい……」

そう繭香がぼやく。同棲中の彼氏と過ごして、なにか思うところがあったのかもしれない。

「ないものねだりなのかなぁ」

繭香が一杯目のドリンクを飲み終える頃、彼女のスマホに連絡が入ったようだ。

「あ、ごめん。彼氏が鍵忘れて出てきちゃったって言うから帰るわ。駅前まで迎えに来てくれてるみたい」

「え、じゃあ私も出ようか」

「いいよ、まだ飲んでるでしょ。もったいないからゆっくり過ごして。また連絡するね」

藺香が飲み物代を置いて去っていく。

足取りはしっかりしているから大丈夫そう。迎えに来てくれているなら安心だ。

スマホをチェックする。気づけばもう夜の十時だった。

ここからうちの最寄り駅まではたったの二駅。終電には早いし、せっかく来たのだからもう一杯飲んでもいいかも。

ドリンクメニューを取ろうとすると、スッと目の前にカクテルが置かれた。

「え？　まだ頼んでないですが……」

「はい、あちらのお客様から」

数席離れた場所で、四十代前半と思しき男性が私に目配せした。誰だろう。記憶にないので初対面のはず。

これは、昔からある王道のシチュエーションでは？　今時のドラマでも見ない気がする。

まさかこんなベタな体験を自分がするとは……思わず遠い目になりそうになった。

目の前のバーテンダーのお兄さんにそっと尋ねる。

「あの、これって甘いカクテルですよね？」

「はい、エンジェルキッスというカクテルです。デザートのようなカクテルとも呼ばれています」

「そうですか」

生クリームが載ったカクテルは確かにデザートのようだ。

サッとスマホでエンジェルキッスのカクテルの意味を調べる。確かカクテルにも花言葉と同じく意味があるって聞いたことがあったような……。

案の定、すぐにほしい答えが出てきた。どうやら『あなたに見惚れて』という意味があるらしい。

これは笑うところかな？

というか、飲まなきゃいけないの？

勝手に押し付けられたのに、せっかく作ってもらったカクテルを飲まないと罪悪感が生まれそうだし、かといって喜んで受け取ったら脈があると思われそう。

何故こんなところで、知りもしない相手のためにあれこれ気を遣わないといけないのか。げんなりしそうになる。

ちなみに先ほどまで飲んでいたギムレットは『遠い人を想《おも》う』だった。

これは無意識に須王さんのことを考えていたとか……？　いや、さすがにそれはないと思いたい。

「ごめんなさい、私生クリームが苦手で……これお兄さんに差し上げます」

作ってくれたバーテンダーに返すと、彼は心得たようにそっとカクテルを下げた。代わりにメニュー表を渡してくれる。

「それではお詫《わ》びにお好きなカクテルをお作りします。お代はいただきません」

「え、いいんですか？」

バーテンダーが頷いた。正直心が軽くなった。

ジントニックをお願いする。甘めのカクテルよりさっぱりしたものが飲みやすい。

先ほどの男性はどう思っているかわからないし、視線を向けるつもりもない。

こんなベタなことをするより、好きなドリンクを選ばせてくれる方が女性はうれしいと思うけどな……。そもそもこのドリンクをあの女性に、なんて押し付けがましくない？

恋の駆け引きとは無縁なため、興味本位で足を突っ込んだら言い負かされてしまうかもしれない。

こういう類は無視が一番だろう。

そう思っているのに、ドリンクを勝手に注文した男からの視線を感じる。

数席離れた場所から私の様子を見られていると思うと、無駄な緊張と疲労感がこみ上げそうなんですが……飲んだら速攻で帰りたい。でも、後をついてこられたらどうしよう……。

……なんかすごいめんどくさいな？

興味のない相手に言い寄られたとき、男性と比べて圧倒的に女性の方が身の危険を感じている。

それを男性も少しは理解してほしい。逆上されたら、女性は力じゃ敵《かな》わないのだから。

ひたすらスマホに視線を落とす。誰でも簡単にできる護身術のわかりやすい解説とかないかしら。

ちびちびとカクテルを飲みながら、どうやってここから無事に帰宅できるかを考えていると、相手の男が立ち上がった気配を感じた。身体に緊張が走る。

「……っ」

けれどその男が動くよりも前に、先ほどまで繭香が座っていた席に誰かが座った。

「ごめんね、待たせて」

「……え？」

聞き覚えがある声だ。

一度聞いたら忘れられそうにない、艶のある低音の美声。

隣に座った男を見て目を見開いた。

「す、須王さん……!?」

「ひどいな、また他人行儀に逆戻りなんて」

それは他人なので……。

心の中でそっとツッコミを入れる。

今日の須王さんはカジュアルな服装ではなく、仕事帰りのようなスーツ姿だ。

シンプルなシャツとジーンズもよく似合っていたが、体型に合ったスーツを着こなしているとまた違った色気を感じそうだ。もしかしたらオーダーメイドのスーツだろうか。

このバーの空気も相まって余計にフェロモンが出ていそう……。

私の胸が再会を喜んでいるのか警戒しているのかわからないが、とにかく鼓動が速い。

心臓を落ち着かせるために冷たいグラスを片手で握った。

「えっと、どうしてここに？」

「この店のオーナーとは知り合いなんだ。たまたま近くにいたから寄ってみたんだけど、清良に似た女性がいるなと思ってしばらく観察していたら、本人だったから驚いたよ。それで君が男性客からアプローチを受けているようだったので、邪魔しに」

「邪魔しにって……」

私にドリンクをオーダーした男は消えていた。

もしかしたら須王さんが登場したことで、恋人と待ち合わせていたとでも思ったのかもしれない。

結果として助かった。でも二度と会わないと決めていた男に助けられたのは、なんとも居心地が悪い……。

今度はさっきとは違った緊張感がすごいんですが。なんと言ってこの店から出られるかしら……。

ジントニックを一口飲む。清涼感のあるカクテルが少しずつ緊張をほぐしてくれる。

「おや、どうやら帰ったようだな。恋人と待ち合わせていた女性に粉をかけるのは褒められた行為じゃないと思ったんだろう」

「えっと、一度寝ただけで彼氏面しないでくれます？」

「これは手厳しい。では何回寝たら俺と結婚してくれる？」

「は？」

カウンターテーブルに置いていた左手をスッと取られる。薬指の付け根を撫でられて、宥めたはずの心臓がふたたび跳ねた。

今なんて言った？

しかも一人称が変わっている？　紳士ごっこはもうおしまいってことかもしれない。

恋の駆け引きなんてしたことがない。逃げるが吉な気がする。

けれど下手に狼狽《うろた》えでもしたら、彼のペースに飲まれてしまうかもしれない。相手はどう考えても恋愛上級者なのだから。

ヤバい、冷や汗が出る。

でも視線を逸らしたら負けだと言い聞かせて、無理やり微笑んでみせた。

「私、結婚願望ないので」

何回寝たら結婚って、どういう思考回路をしてるんだ。これは新手のイケメン詐欺なんじゃないか。

なにかよからぬことに利用されるなんてごめんだ。まあ、彼を思い出作りに利用したのは私の方なんだけども。

でも割り切った付き合いなど、モテる男なら経験くらいあるでしょう。

「今はそうでもいつか変わるかもしれない。だから将来は俺と一緒の墓に入らないか」

「入りません」

昭和のプロポーズかよ。

そうツッコミつつ、同時にめちゃくちゃ引いていた。

もしかして今のって、お前の素行次第では今世も今すぐ墓送りにしてやるぞ、と言われている？

この人が本当に私を殺した騎士の生まれ変わりで、記憶も持ってて、何らかの因縁があって出会ったのだとしたら……なにを考えているんだろう。ものすごく怖い……。

もちろん、須王さんが本当に前世で私を処刑した騎士かはわからないけど。正面から確認することもできない。

前世の記憶を持っているかと質問するなんて、どう考えても頭の痛い人だと思われてしまう。それにもし私の仮説が事実だった場合、どうしたらいいのだ。

プロポーズまがいの台詞を告げても、彼は平然としている。なんなら私の手を握ったままバーテンダーにドリンクを頼んでいた。

どういう神経をしているんだろう。

遊びなのか、からかっているのか。それとも私が彼をブロックしたことに気づいて根に持っているのか……。

とりあえず左手の自由を奪い返し、残りのドリンクを飲み干すことにした。せっかく作ってくれたものを残すのはもったいない。これはバーテンダーのおごりなのだから。

「ところで清良。チャットアプリのアカウント、ブロックしたよね」

「え」

「今まですぐに既読がついていたのに、全然つかないからそうじゃないかと思って」

……バレてる。

どうやら私が一足先に帰国した後、連絡をくれたらしい。それなのに返事がないと気づけば、ブロックされていると思っても不思議ではない。

「あの夜がお気に召さなかったのならリベンジしないと。はじめてで気持ちよくなれる方が難しいからな。だが、君はずいぶんと感じてくれていたようだったから、もしかしたら理由は他にもあるんじゃないか？　そのくらいは教えてくれるだろ？」

「ちょっ……そういうことをこんなところで言わないで」

サッと周囲に視線を向ける。近くにいたバーテンダーは、さすがプロだ。気づかないふりをしてくれていた。

でも絶対聞こえてた……。恥ずかしすぎる。

ウイスキーのロックを平然と味わっている男が憎たらしい。完全に私を手のひらの上で転がしている。

声のトーンを抑えて、淡々と答えることにした。

「別に、大した理由はないです。あなたとの縁はたまたま旅先で結ばれただけで、日本に帰国したら解けるものだと思ったので」

「旅の思い出として処理しようとした、と」

「そうですね」

「なるほど。では、解いたはずの縁がふたたびこうして結ばれたら、それはなんて言うんだろうな」

咄嗟に思い浮かんだ二文字は「運命」だった。

だが須王さんはそんなロマンティストな人ではないだろう。もしそうだとしたら、相当口説き慣れている。

「さあ、わからないです」

「ウソばっかり。敏《さと》い君なら気づいているはずだ。案外意地っ張りなんだな」

須王さんが喉奥で小さく笑った。

手の中のグラスが涼やかな音を立てる。氷が溶けてカラン、と鳴った。

「なんとでもどうぞ。私とあなたは、たまたま海外で知り合ってそこで終わっただけの関係です。数日過ごしただけの相手と再会したからと言って、珍しい巡り合わせがあったものねと思うだけじゃない？」

「そうか。だが俺は今夜の再会を運命だと思った」

顔のいい男にムードのある場所で再会を喜ばれたら、恋人のいない独身女性はコロッと落ちてしまうだろう。

身体の関係があればなおのこと。抱かれた夜を思い出す。

……本当に、口説き慣れている。

私の背中に汗が垂れた。

飲み込まれたくないと思っているのに、もはや無駄な抵抗でしかないかもしれない。

「運命だなんて、随分とロマンティストだったんですね」

「そうだな、俺はロマンティストだと自覚している」

「でも相手も運命だと思っていなければ、それは一方通行でしかないのでは。これ以上関わることがなければ、今夜の再会も偶然であって運命ではない。ここから帰れば他人に戻るもの」

「まったく、君はつれないことを言うな。だが俺は今後も君と関わるつもりでいるから他人には戻れないし、戻るつもりもない」

「……私はあなたの連絡先を消しましたが」

「君はまた俺と連絡を取らずにはいられなくなる」

嫌な預言だ。思わず頬が引きつりそうになった。

もう危ない橋は渡りたくないんですけど……！

無意識に首をさする。冷や汗でネックレスのチェインが首に貼り付いていた。

グラスに残ったジントニックを飲み干して、バッグを手に取った。

「私にあなたと会う理由なんてないけれど？」

「そんなことはないはずだ。君の大事なデジタルカメラは、誰が預かってると思う？」

「……っ！」

繭香に愚痴った私の忘れ物。

モルディブの滞在先に連絡ができなかったのは、この男が持っている可能性もあったから。

須王さんとは二度と再会しないからデジタルカメラも諦めようと思っていたけれど、預かっていると言われれば話は別……！

旅の相棒として使い続けてきたものを簡単には手放せない。壊れたら買い直すよりも修理するし、失くしたら可能な範囲で捜したい。

当然、手元に戻ってくるならそうしたい。それがどんなに自分を追い詰めることになっても。

「人質ならぬ物質……？」

「人聞きが悪いな。でも、それで君が釣れるのならいくらでも」

須王さんがサッとカードで支払いを済ませた。私のドリンク代もまとめて清算している。

「困ります、自分のドリンク代は自分で出しますので」

「もう支払いは終わったから行こうか」

「ちょ……っ！」

流れるような動作で腰に手を回された。

離れようとしても、彼は私を離さない。

「まずは君を自宅まで送るよ。それで、次はいつ会おうか」

極上の笑顔を向けられて、私は言葉にできない不安に襲われた。

第三章

ひとりで帰宅すると言っても須王さんはまったく折れず、あっという間にタクシーに乗せられてしまった。

「自宅はここから二駅ほどだな」

「なんで知ってるんですか？」

自宅の住所なんて話した覚えはないのに。

「君が最初にパスポートを見せてくれただろう。身分証明書として」

確かに一瞬だけ見せたけど、まさか住所を覚えていたんだろうか。

仕方なしにタクシーのドライバーにマンションの住所を告げて、居心地の悪い時間を過ごす。

ギュッと握られた手は一体いつになったら解放してくれるのだろう。

二十分ほどで自宅前に到着した。

彼はサッと電子マネーで清算し、私とともに降車した。

「……あの、どこまでついてくるんですか」

「せっかくだし、コーヒーでもごちそうになろうかと思って。今後についてもゆっくり話し合わないといけないし」

え、厚かましい……でも無下にはできない。

私のドリンク代とタクシー代まで支払っているのだから、コーヒーくらい出してもいいと思うだろう。一般的な感性であれば。

正直向こうが勝手に支払ったんだから、私がどうこう気遣う必要もなくない？

そう思いつつも、デジタルカメラは取り戻さねばならない。

げんなりしながら、出かける前の部屋の状態を思い返す。

一応出かける前に軽く片付けていたけど、浴室で洗濯物を干しっぱなしだったはず。念のため回収しておいた方がいいな。

「コーヒー一杯飲んだら帰ってくださいね」

夜遅くにカフェインを飲んだら眠れなくなりそうだけど、本人が望むなら大丈夫だろう。

渋々マンションのエントランスに向かい、バッグから鍵を取り出す。

「ところでこのマンション、大通りから一本入ったところなのに街灯が少なくないか？　この時間帯だから人通りが少ないのはわかるが」

時刻はそろそろ二十三時になる。

私が住んでいるマンションは、駅前から続く道から一本入ったところに建っている。

駅前は商業施設や飲み屋があり十分発展しているが、少し離れれば静かな住宅街だ。

一本道が違うだけで雰囲気が変わるし、急に静かになる。

「そうかも？　いつも帰宅時間は人通りもあるから気にしたことはなかったけれど、言われてみれば少し暗いですかね。まあ、こんな時間に歩くことなんてほとんどないですが」

とはいえ、少し歩けばコンビニもあるし、夜道を不安に思ったことはない。

マンションの入口はオートロックで監視カメラもあるので、ひとり暮らしのマンションなら十分なセキュリティだろう。

自他ともに認めるトラブル体質なので、部屋選びは慎重に行った。特に両親からも口を酸っぱくして、部屋はケチらず最低限オートロックのマンションじゃないとダメだと言われていた。

その他の基準も、外から部屋がバレないように内廊下一択や、三階以上の部屋とか。条件を挙げだしたらキリがなかったが、運よく立地のいい部屋を見つけられたのだ。

難点をあげればキッチンがちょっと狭いことくらいだろうか。あと真下の部屋の住人のくしゃみがデカくて、寝ていて驚くことがある。

エレベーターで四階に上がる。五階建てマンションの四階角部屋が私の部屋だ。

「ちょっと待っててください。散らかっていないか確認するので」

「俺は気にしないよ」

「私が気にします」

鍵を回す。だが何故か手応えがない。

「あれ？　開いてる？」

玄関扉は施錠していたはずだ。

用心深い性格なので、きちんと確認してから出かけるように習慣づけている。

でも今日は鍵がかかっていない……。一体何故。

「俺が先に確認しよう」

「え、はい……」

異常に気づいた須王さんが扉を開けてくれた。もはや部屋の状態を気にしている場合ではない。

私の部屋はオーソドックスな造りの１Ｋだ。玄関から続く廊下に水回りがあり、その奥に寝室がある。

そして寝室に続く扉が開いていた。何故か風の音がする。

「嘘……まさか空き巣？」

「待って、靴は脱がない方がいい。ガラスが割られているようだ」

カーテンが揺れている。どうやら外から侵入されたらしい。

「でもここ四階なのに？　どうやって侵入するんですか」

「それは確認してみないとなんとも言えないが、隣の建物から飛び移ったか、屋上から下りて来たか……隣の建物との距離が近ければ不可能じゃないだろう。それなりに身体能力が高ければ、入れるかもしれない」

「ええ……最悪すぎる……」

もしかして女性のひとり暮らしを狙った犯行？

もしそうだとしたら、どうやってわかったのだろう。私はベランダに衣類を干したことはないし、必ず浴室乾燥を使っている。

単身者向けのマンションではあるが、女性がひとりで住んでいるとバレて狙われたのか、無差別に運悪く狙われたのか……無差別だったら自分の運の悪さに泣きそうなんですが。

「私ここまで運が悪かったっけ……」

思わず独り言が零れた。

それとも今まで空き巣に入られなかったのは運がよかったと思うべき？

泥棒が侵入してきたときに部屋で遭遇しなかったのは不幸中の幸いだろう。もしも鉢合わせていたら、どうなっていたかわからない。

いつも最悪には至らない。悪運は強かったではないかと言い聞かせる。

「一応証拠写真を撮っておいた方がいいな」

そう須王さんに言われて、スマホで写真を撮った。

一見荒らされた形跡はなさそうだが、収納棚やチェストの引き出しが無造作に開けっ放しになっている。引き出しを閉めずに放置することはあり得ないので、犯人のしわざだろう。

床に足跡はないが、ベランダ側はガラスが飛び散っていて危険だった。近くに配置しているベッドの上にもガラスの破片があるかもしれない。

窓の修理は保険でカバーされるよね？　なにか自費で払わなきゃいけなくなったら犯人許さん。

「あ、そうだ。警察に電話しなきゃ！」

「俺がしておく。清良は盗まれたものがないか確認した方がいい」

「え、いいの？　ありがとうございます。じゃあお言葉に甘えて……お願いします」

須王さんに警察への連絡は任せて、貴重品を確認する。

パスポート、印鑑、通帳などは本棚の中に収納していた。一見普通の本に見えるようカモフラージュされているが、これはダイヤル式の鍵がついている小型の金庫だ。

それはきちんとしまわれていたので安堵《あんど》する。

これが盗まれていないなら、他に金目のものは……。

クローゼットに置いてある防災リュックを確認した。非常グッズと一緒に、現金を数万ポーチに入れているのだ。

それも問題なく入っていてホッとする。

最後にジュエリーボックスも確認し、金目のものは盗まれていないと判断した。

「貴重品類は大丈夫そうですね」

「そうか、よかったな。じゃああとは……」

須王さんの視線が開きっぱなしの引き出しに向けられた。

タオルや衣類をしまっている引き出しだが、下着類も入っている。

「……料理用の使い捨て手袋を持ってきます」

荒らされたかもしれないと思うと、素手で触りたくない。

透明のビニール手袋をつけて恐る恐る確認する。タオル類は問題なさそうだが、下着が数点足りない気がする。

「うう……気持ち悪い……」

「なにか盗まれていたか？」

「多分、下着泥棒かと……あとストッキングも足りないみたい。正確な数は把握してないけど」

なにを基準で持っていたのかはわからない。だが新調したばかりの下着は残っていた。

――使用感があるものを選んだってこと？　き、キモ……！

「あ、浴室乾燥！」

浴室に洗濯物を干していたんだった。

急いで確認すると、今日洗濯したはずのブラとショーツのセットが二点、まるっと消えていた。

「つまり下着泥棒確定……！」

気持ち悪すぎてぞわっとした。両腕に鳥肌が立っている。

ほどなくして警察が駆けつけた。

近隣で下着泥棒の被害はないかと確認するが、特に起こっていないらしい。

「では連続犯の犯行ではないと……」

「なにか心当たりはありますか？　ストーカー被害を受けていたとか」

そう尋ねられても、私にはまったく心当たりがない。

その他にもいくつか質問に答えて、被害届を出すことになった。

警察官が帰ると同時に、廊下で大家さんと遭遇する。

「……羽衣石さん、なにかありましたか？」

「あ、八重沢《やえさわ》さん……」

五階に住んでいる大家の八重沢さんが、異変を感じ取って様子を見に来てくれたらしい。もうすぐ日付も変わる時間なのに、わざわざ心配してくれて優しさがしみる。

八重沢さんは私の一個上の三十歳で、癒やし系な美人だ。

イケメンというより美人という形容詞がぴったりなのは、彼が持つ柔らかい空気感のせいだろう。

彼とは時折挨拶や世間話をする仲で、困ったことがあればいつでも頼っていいと言ってくれる。

このマンションは両親から譲り受けたもので、彼の本職は投資家だそうだ。

「夜分にお騒がせしてすみません。先ほど帰宅したら空き巣に入られてしまって、今被害届を出したところです」

パトカーのサイレンは鳴らさないでもらったが、ただならぬ気配が伝わったのかな。まあ、マンションの前にパトカーが停《と》まっていたら驚きもするか……。

「空き巣ですか⁉　それは大変ですね。お怪我《けが》はないですか？」

「はい、大丈夫です。でもベランダの窓が割られてしまって……」

これって保険がおりますよね？　大丈夫ですよね？

「それは僕の方で管理会社と連絡して、修理しておきますよ。修繕費用も保険で賄えるはずですし、羽衣石さんに払わせたりはしませんので、安心してください。でも連休中ですぐに修理は難しいかもしれません……」

八重沢さんの眉毛がしゅんと下がった。年上なのにどことなく年下の雰囲気が出るのは、中性的な顔立ちだけのせいじゃなさそうだ。意外と感情表現が豊かである。

明日に手配をしても、修繕までは最低一週間はかかるだろう。すぐに直してもらえるわけじゃないと聞き、思わずうなりそうになった。

「まあ、そうですよね……そのくらいかかりますよね……」

さて、どうしよう。

いくら神経が図太い私でも、窓ガラスが割られて応急処置をしただけの部屋に住むのは無理だ。精神的に休まらない。

となると滞在先が必要なわけで……しばらくホテル暮らしかネットカフェかな……出費が痛すぎて泣けてくる。

どうして被害を受けた側がメンタルだけじゃなくて、金銭的にも辛い思いをしないといけないのかな。犯人許せん。

衣類もほとんど処分するしかない。他人に触られたものなど、洗濯しても生理的に受け付けられないし……本当に考えれば考えるほど気持ち悪い。

「窓ガラスの修理、ありがとうございます。ご面倒をおかけします」

「いえいえ、それも僕の仕事ですから。羽衣石さんはゆっくり休んでください」

時刻はすでに深夜を回っている。今から宿を探すとなると骨が折れそうだ。

なんだか神経が昂《たかぶ》ってて寝れないかもしれない。今夜はもう漫画喫茶で夜を明かして、朝になってからホテル探しをするのもアリかな。

「今夜はどうしようかな……」

「もしよければ――」

八重沢さんがなにかを提案しようとする。

だがそれを遮るように、須王さんがクローゼットにしまっていたキャリーケースを持ってきて私に渡した。

「清良、これに貴重品と最低限必要なものを詰めて。衣類は気持ち悪いだろうから、持って行かなくていい」

「え？」

「仕事で必要なものも忘れずに。しばらく業者も入るんだろう？　なにか触られても問題ないものだけ置いて行ったらいい」

確かにその通りだ。ぼうっとしている時間はない。

須王さんに指示を出されて貴重品と化粧品など、必要最低限のものを詰め込んだ。仕事用のバッグも持って、出かける準備を整える。

警察とのやり取りも終わって被害届も書いてもらった。もうここに長居する必要はない。

「よかった、恋人が傍にいらっしゃるなら安心ですね」

八重沢さんがホッとしたように安堵の色を見せた。

ひとりで心細い想いをしたら大変だと思ってくれたのかもしれないけれど、彼は断じて恋人ではない。

「いえ、そういうわけではないんですけど……」

「お気遣いありがとうございます、八重沢さん。では、私たちはこれで失礼します」

須王さんが私の手を握った。

空いた手でキャリーケースも持って行く。

「え、ちょっと待って……あ、八重沢さん、また連絡しますので」

「はい、ゆっくり休んでください」

部屋を施錠してから、八重沢さんと別れた。彼は階段で五階まで上がり、私たちはエレベーターで一階に下りる。

「タクシーを呼んでおいた。もうすぐ着くだろう」

「いつの間に……」

手際が良すぎでは？　タクシーのことにまで頭が回らなかった。

しかし、須王さんを面倒なことに巻き込んでしまった。コーヒー一杯で釣られただけなのに、こんな空き巣事件に遭遇なんて、彼も不運かもしれない。

あとで缶コーヒーでもおごろう……自販機があれば。

そんなことを考えながらエントランスにまで行くと、タイミングよくマンション前にタクシーが停まった。

今夜二度目のタクシーに乗せられて、ハッとする。

「すみません、駅前のビジネスホテルで下ろしてください。部屋が空いてるかもしれないので」

「却下。連休に都内のビジネスホテルが空いているなんて、楽観的すぎるんじゃないか。空室があるか電話したわけじゃないだろう」

「じゃあ今から電話するわ」

「生憎、タクシーの行先は決まっている。指定した場所で下ろされるまで大人しく座ってなさい」

そうだ、アプリでタクシーを呼んでいたら行先はもう決まっているんだっけ。

今すぐ下ろしてと言っても、途方に暮れるだけな気がする。駅前のホテルが満室だった場合は、そこから漫画喫茶かネットカフェを探すか……どちらにせよ骨が折れそうだ。

深夜零時を過ぎると頭の動きが鈍い。なんかもうエネルギー不足すぎる。

溜息を吐きたいのを堪えて、一応行先について確認した。

「……これからどちらへ？　まさかあなたの自宅ですか？」

「ああ、ゲストルームがあるから、うちでゆっくり過ごせばいい」

「いえいえ、結構です。そんなお構いなく」

もう今さら遅いけど、関わらないと決めていた相手の根城に乗り込むなど正気の沙汰ではない。

私はデジタルカメラさえ返してもらえれば、須王さんとの縁もブチッと切るつもりだ。

「そうか。それなら君の大事な忘れ物をうっかり落としてしまうかもしれないな」

シレッと脅迫めいたことを言われて、自分でもわかるほどくっきりと眉間に皺《しわ》を刻んでしまった。

モルディブに置き去って来た紳士の仮面を今すぐ拾いに行ってこい。

「……人から性格悪いって言われません？」

「いや？　特に言われた記憶はないな。だが人の弱みには付け込むことにしている。ほしいものは自分から狩りに行かないと」

こんな時間だというのに、どこから見てもイケメンの笑顔を向けられた。

こっちは化粧が崩れたひどい顔しか見せられませんが。悲しいかな、戦闘力の違いを実感する。

「傍にいてほしい女性ならなおさら」

ギュッと手を握られた。

真意の掴めない眼差しで見つめられて、口をつぐむ。

傍にいてほしいなんて、どうせいろんな女性に言ってるんでしょう。

私が特別なわけではない。そう思うのに、胸の奥がうずうずと反応した。

自分に乙女心が存在するなんて気づきたくなかった。

恋愛を遠ざけて生きて来たのに、こうも容易く男の口車に乗せられそうになるなんて……修行が足りないようだわ。

しかし現実問題、今夜一晩でもいいから泊まる場所が必要だ。もし彼を利用してもいいのなら、差し出された手を取るべきではないか。

実家が傍であれば問題ないが、遠方のため頼ることはできない。

藺香を含めて、仲のいい友人は同棲中だったり、家庭を持っていて迷惑なんてかけられない。実家で暮らしている友人に世話になるわけにもいかない。

近くに頼れる人がいない……ってこういうとき孤独だ。

思わず溜息を吐きたくなる。

「……本当、今までの紳士の仮面はどこに捨てたんですか？」

「生憎モルディブの海に忘れてきたな」

やっぱりか！

須王さんは喉奥でくつくつと笑う。悔しいかな、ちょっと意地悪な表情も美形だから魅力的に映る。

素のままの彼はただかっこいいだけじゃなくてクセモノの気配しかしないけれど、そんなところも人間味があってより魅力的に見せているのだろう。

しかし隙を見せれば喰われてしまいそうだ。背後からガブリと嚙《か》みつかれたら、私なんて容易く牙をもがれてしまう。

どうにか隙を見せないようにしなければ……。

そう密《ひそ》かに決意し、腹をくくった。

「では、窓の修理が終わるまで滞在させてもらいます」

「まさかと思うけど、一度空き巣に入られた部屋にまた住むつもりか？　止めた方がいいし、理解できないな」

ほんとにね、正論ですね！

「……では、次の引っ越し先が見つかるまで厄介になります」

「ああ、もちろんだ。いつまでもいてくれて構わない」

「さっさと出て行くに決まっているでしょう」

「君、だんだん物言いに遠慮がなくなってきているよね」

誰のせいだよ。

彼のマンションに到着するまで、今後の同居生活について話し合う。
なるべく早く引っ越し先を見つけないと、ずっと振り回されるかもしれない。
ああ、もう……去年の秋にマンションの更新をしたばかりなのに、出費が痛いな……！
次の旅行は当分お預けだ。これからは意識的に節約しないといけない。
あれこれ嘆きながら、不本意な同居生活がスタートした。

第四章

須王さんが住むマンションに入った感想は、ここはどこぞのホテルかな？　だった。

コンシェルジュサービスが二十四時間利用できて、帰宅した居住者を出迎えてくれる。

タクシーの手配はもちろんのこと、ちょっとした買い物のサービスもあるらしく、一歩も外に出ずに引きこもっても問題なく生活ができそうだ。なんなら居住者専用のカフェとフードデリバリーまであるというから、もはやホテルとの違いがわからない。

挙動不審に見えないように気を付けながらラグジュアリーホテルのようなロビーを通り抜けて、上層階向けのエレベーターに乗り込んだ。階層によってエレベーターが違うらしい。

須王さんが専用のカードキーを挿入し、最上階のボタンを押した。

セキュリティの観点から、居住フロアにしか行けないようになっているんだろうけども……こんなマンションの最上階って家賃はおいくら……？　と頭が働きそうになる。

都心に建つ高層マンションなんて、平凡な会社員には手が出せない。

モダンな内装は隙がなくて、ジムもプールもあってサービスも充実しているとなるとさぞや管理費が……ダメだ、やめておこう。

これ以上考えるのは精神衛生上よろしくない気がしてきた。

「緊張してる？」

「そうですね……こんなマンションにご縁はないので」

都内に住む一般的な会社員のひとり暮らしなら、部屋の間取りは１Ｋが多い。もちろん私の部屋も同じく。

さすがに最上階のフロアで須王さんが１Ｋに住んでいるはずがない。ゲストルームがあるとも言っていたし、書斎がある可能性も高い。３ＬＤＫ以上なのは確実だろう。

わかっていたけど、住む世界が違うんだな……。もはや羨ましいという感情はない。

「ところで、忘れ物したら往復が大変ですね？」

「逆に滅多に忘れることはないかな。もしなにか忘れたとしたら、コンシェルジュに依頼するか、秘書に取りに行かせるけど」

そうだった。この方常務だったっけ。そりゃ秘書がいるはずだわ。

もしも秘書さんが、旅先で知り合っただけの女を自宅に泊まらせているなんて知ったら、卒倒するんじゃないかな……知らんけど。

私は絶対に忘れ物はしないようにしようと決めた。しがない会社員なので。

エレベーターを下りるとすぐに玄関が現れた。

まさか……という気持ちで須王さんを仰ぎ見る。

「ここ、須王さん以外の部屋は……」

「ん？　ないよ」

サラッと衝撃的なことを言うけれど、何平方メートルあるの？

「どうぞ、自分の家だと思って寛いで」

玄関扉を開けて私を招いてくれるが、すでに寛げる気がしない。

「お、お邪魔します……」

ワンフロアに一世帯……そんなマンションが存在することも、そういうところに住めちゃう人がいることも、恐ろしい。私には一生縁のない世界だわ。

「広い玄関ですね……」

「そう？」

正直玄関だけで私の部屋が入りそうなんですが、この広さに驚かないとなるとご実家はどんな豪邸なんだ。それに私の部屋を見てどう思ったのかな……狭すぎて驚いたことだろう。

前世の記憶は曖昧にしか覚えていないけど、昔は貴族の令嬢だったから超お嬢様だったのに、今世の私はバリバリの一般庶民だ。

父親は堅実に地方公務員の市役所勤務で、母親はイングリッシュガーデンに憧れを持つ専業主婦だ。

母の趣味は庭造りで、娘が知らない間にＳＮＳで評判になっていたりするけれど、ごく普通の家庭だと思う。

都会ではないが田舎でもないような地域で育って、金持ちじゃないけど貧乏でもない。絵に描いたような普通の家庭だ。

人と比べるのは無意味と思いつつ、須王さんの背中を見つめる。

前世は貴族だったのに平凡な私と違って、この人は生まれ変わっても上流家庭出身の御曹司とか……勝ち組過ぎでは？

一体前世でどんな徳を積んだんだ。あれか、悪女《わたし》を処刑したことも影響しているのかな！

同じ処刑仲間のマリー・アントワネットの生まれ変わりに会えるなら、ぜひ一度お会いしてみたい。一体どんな人生を歩まれているのだろう……とか想像してもしょうがないことを考えてみる。現実逃避で。

「ここが洗面所で、トイレ。こっちがキッチンで、奥がリビング」

「……広いですね」

天井が高くて、どこを見ても生活感がない。突然の来訪者を招けるほど掃除も行き届いていた。恐らく定期的にクリーニングの業者が入っているのだろう。

「清良が使う部屋だが……」

「あ、私はどこでもいいですよ。居候ですし、お構いなく」

「そうか、なら俺と同室でも構わないな。こっちだ」

ギュッと手を握られて彼の寝室に誘導されそうになった。

「いやいや、先ほどゲストルームがあるって言いましたよね。では遠慮なく、余ってる一室をお借りします」

ちゃっかり同室を勧めてくるなんて、油断できない男だわ。

なのに須王さんはこれ見よがしに嘆息した。

「わからないかな、これは俺なりの気遣いなんだが。いろいろと精神的に疲労が溜まってるだろう。そんなときにひとりでいるより、傍にいる誰かに甘えたくなるものじゃないか？」

「へえ、一般的にはそうなんですね。男性に甘えたことがないのでよくわかりませんが」

彼氏いない歴＝年齢のアラサー女を舐めないでほしい。人に頼るよりも自分で行動した方が早いと考える癖がついているのだ。

「まったく手ごわいな。まあ、いいか。今夜はもう遅いし、汗を流してゆっくり休んだ方がいい。ここのゲストルームをどうぞ」

八畳ほどの洋室に通された。

クインサイズのベッドとサイドテーブルが置かれていて、あとはクローゼットがあるだけのシンプルな部屋だけど、殺風景には感じない。

部屋のすぐ隣には浴室があった。

須王さんが使用しているマスターベッドルームにも浴室はついているそうなので、気兼ねなく使用できるらしい。

さすがワンフロアを使用しているだけある。浴室も複数あるのだろう
「うちのホテルのアメニティがいくつかあるから、好きなのを使って。スキンケアもトラベル用を揃《そろ》えてあるが」

「お心遣いありがとうございます。基礎化粧品は持ってきているので大丈夫です。でもアメニティは遠慮なく使用させていただきますね」

突然来たにもかかわらずアメニティがあるなんて、ゲスト用にいつも常備しているのだろう。

しかし須王さんも、こんなめんどくさい女をわざわざ自宅に招いて、面倒見るなんて……物好きだなぁ。一度も二度も変わらないと思っているのかな。

一応、今のところ下心は感じられない。

ちゃっかり自室を勧めてきたのも、緊張を和らげるための軽口と思えなくもない。多分。

「あの……今日は、ありがとうございました。いろいろと……しばらくお世話になります」

頭を下げてお礼を告げた。

この間も、今回も。

非常事態で困ったときに二度も助けられるなんて思わなかった。

須王さんがいてくれたから、空き巣に入られて下着泥棒の被害に遭っても、さほど精神的な苦痛

を感じずにいるのだと思っている。もし今夜ひとりでいたら、きっと満足に寝られないと思うから。勝手にブロックして距離を置いたのに、須王さんから近づいてきたのは予想外だけど。結果として助かっているのだから、自分が現金すぎて嫌になる。

私も神経質にならない方がいいかもしれない。彼が私の前世と因縁のある相手かもしれないなんて、まともに考えたら荒唐無稽すぎるし。大事なのは前世ではなくて今だ。

私が過剰に反応して、不審に思われるようなことだけは避けたい。

「……」

須王さんは黙って私を見つめてくる。沈黙が気まずい。

……そういえば再会後に結婚がなんたらとか言っていなかったっけ。

同じ墓がどうこうって……笑えない冗談を聞き流していたような……。

じわじわと羞恥心が刺激される。これ以上記憶を掘り返すのはよろしくない。

「えっと、滞在中の細かいルールとかはまた明日ということで……おやすみなさい……！」

扉を閉めようとする。

が、須王さんが阻止する方が早かった。

「清良、俺が今日君に言った言葉をよく思い出して。全部俺の本心だから」

「え……？」

「今夜は疲れただろうからここで退くが、明日からは覚悟しておくように。それではおやすみ、いい夢を」

意味深な微笑を向けられた。

須王さんの姿が消えてから、ようやく扉を閉める。

「……本心って」

今それ言う？　安眠妨害では⁉

なんだかじわじわと気恥ずかしいような、言葉にできない感情がこみ上げてくる。

いけない、今夜の記憶を蘇らせたくない。

そう思っているのに、彼に告げられた一語一句が脳内で自動再生されそうになった。

再会直後に見せられた表情から声までまざまざと蘇りそうになり、心臓が不整脈を起こしそうになる。

「普通、本当に紳士なら、こんな警戒を持たれるような発言は言わないんじゃないの？」

それともあれか、自分のテリトリーに招いたからできる発言なのか。

紳士の仮面にそっぽを向く肉食獣に思えてきて、ぞわぞわとした震えが走りそうになる。

明日から覚悟というのも一体どんな意味を込めているのやら……想像するだけで顔が熱い。

「……わかった。つまり彼の前で隙を見せるなってことね」

そうだ、前世の教訓もつまるところはそこだった。

細かい詳細は思い出せないけど、きっと詰めが甘くて隙だらけだったから、いいように利用されて殺されてしまったのだ。

もしもうまく立ち回っていたら。自分を裏切らないような味方をつけて、利害関係を結んで、傾国の悪女に仕立て上げられる前に別の道を選べていたかもしれない。

悪女にされるようなこともなく、暗殺事件も起きず。前世の私が好きで心底惚れているそこそこイケメンな貴公子とあっさり結婚して、領地でのんびり過ごせていたかも……。

「ダメだ、考えすぎるのはやめよう」

かもしれないなんて思うだけ無意味だ。

現代日本とは違う常識が根付いている世界のことを、今の私が考えても仕方ない。

彼女に非がなかったとは言えないけれど、別に加害者だったわけではない。ちょっとしたわがままが国の混乱に繋がり、国王の暗殺を依頼したという冤罪《えんざい》を着せられて処刑された。

彼女が暗殺なんて依頼して一体どんな得があったというのだ。父親に命じられた可能性もゼロではないけれど、双方そこまで愚かではなかったと思う。

私にとっての救いは、殺された恐怖を覚えていないこと。彼女を殺した男の姿は覚えているのに、恐怖も痛みもなく、プツッと暗転しただけ。

だから生まれ変わった私は長生きして、冤罪を作られて処刑なんてされないようにきちんと寿命をまっとうする。それがきっと今世の私の役割だと思うから。

痴情のもつれや、恋が原因で死ぬなんて絶対に嫌だ。

恋愛トラブルに巻き込まれないように、私は多少の運のなさにうんざりしつつも、そこそこ楽しく生きるのだ。

須王さんに処女は捧げたけど、あれも一度きりの過ちだ。二度目はない。絶対。

「うまい口車に乗せられないようにしよう……」

あの人がどういう意図で私に接近しているのか、これから見極めないと。

もしも少しでも前世に関することを仄《ほの》めかしたら……そのときは全力で逃げるまで。

そんなことを考えながら手早くシャワーを使用し、就寝支度を終えたら時刻はもう午前二時を回っていた。

さすがに今夜は夢も視ずに熟睡できるだろう。

そう思っていたのに――、気づけば私は豪奢《ごうしゃ》なドレスを纏い、煌びやかな夜会に参加していた。

女性から妬みと羨望の眼差しを向けられ、男性からの色を孕《はら》んだ視線を浴びてもなんとも思わず、口々に容姿を褒《ほ》め称《たた》える賛美を肴《さかな》に美酒を飲んでいる。

口元の笑みは慣れたもので、楽しくもないのに口角はずっと下がらない。

周囲に群がる男たちに恋愛感情なんて向けていない。身体はずっと冷えたまま。心が温まることもない。

……あの、できればもう少し疲れ切っている清良《わたし》を気遣ってほしい……。

こんな欲望渦巻く夜会を見させるなんて、と私は自分の夢に文句を付けた。

◆　◆　◆

翌朝。

軽く身支度を整えて、まだ少し寝不足でぼうっとする頭をなんとか働かせていると、コーヒーの香りが漂ってきた。

芳《かぐわ》しい匂いに惹かれるようにキッチンへ赴くと、須王さんがコーヒーを準備していた。なんだかカフェでしか見ないようなコーヒーメーカーが置かれている。あとで使い方を聞いておきたい。

「おはよう。まだ寝ててもいいのに」

「おはようございます……あの？」

不自然に挨拶が途切れる。須王さんが私に向けて両腕を広げていた。

「一応確認しますが、そのアクションは一体」

「もちろんハグ待ち。さあ、俺に抱き着いておいで」

両腕を広げて喜んで駆け寄るのは愛犬か、幼児くらいのものだろう（恋人以外で）。付き合ってもいない男女の距離感ではない。

「いえ、遠慮しま……す」

断り文句を言い終えないうちに、痺れを切らしたらしい須王さんが私を正面から抱きしめてきた。

抱き着いて来いと言っておきながら自分から抱きしめに行く矛盾に突っ込む気力はない。抵抗するのも疲れるので、まあいっか、と抱きしめさせてあげることにした。

「で……なんですか、急に？」

「朝のスキンシップ」

「頼んでないですけど」

「頼まれていないけど、二人のエネルギーチャージに。知ってる？　人はハグすると寿命が延びるんだって」

「へえ」

「キスをするともっと延びるんだって」

「へえ」

雑な返事しかしていないのに、須王さんは気分を害することなくクスクス笑っている。彼も私と同じくらいしか寝てないはずなのに、寝ぼけているようには感じない。

「休日なんだから、もっとゆっくりしたら？　まだ七時過ぎだよ」

「それは……早起きは三文の徳なので。普段はもっと早いんですけど、さすがに今日はいつもより遅いです」

いつもは朝六時過ぎには起きている。健康のために朝の散歩に行って、ついでに散歩コースに落ちているゴミを拾ってから帰宅し、軽く部屋を掃除してからシャワーを浴びて朝食を摂《と》るのがルーティンだ。

もう学生時代から続けているので、今後も可能な範囲で続けると思う。ゴミ拾いができなかった日は別のことで一日一善を心がけている。

そろそろ献血にも行けるだろう。自分の誕生日以外にも、年に数回行くようにしている。献血は一年間にできる回数制限があるので、きちんと条件をクリアしているか確認しておかなくては。

「私よりも須王さんは」

「俺はショートスリーパーだから、いつもこんなもんだよ。それより、君はいつまで俺を他人行儀に呼ぶのかな」

「そうは言われても他人なので……」

「じゃあ身内になろうか」

「……」

「無言は了承したと捉えるけど？」

ハグをされたまま顎に指をかけられて、クイッと上を向かされた。

身内になると言われたときの頭の処理が追い付いていなかっただけなのに、今にもキスを仕掛けてきそうな気配を察して両手で突っぱねる。

「ちょっと油断も隙もない」

あっさり私から一歩離れた須王さんは、笑みを崩さない。

「残念、朝のぼんやりしている間に言質をとっておこうと思ったのに」

「完全に目が覚めました、ありがとうございます」

瞼が重くて目もしばしばしていたけれど、いけない。一瞬身内になるという意味を真剣に考えてしまった。なにハグされて流されそうになっているんだ。

須王さんがつけている香水の癒やし効果が高すぎなのかもしれない。思わず一歩距離を詰めて彼の匂いを嗅いだ。

「な、なに？」

若干戸惑っているのが伝わってくる。

いつも余裕な顔で私を振り回す男がたじろぐのはちょっと気分いいかも……なんて自分でも気づかなかったSっ気にほくそ笑んで、背の高い男を見上げる。

「いえ、須王さんから芳しい匂いがするなと」

「……君はいつもそんな突飛な行動を男にしているのか」

「まさか。私のパーソナルスペースに踏み込んでくる男性なんていませんし、ご存じの通り処女でしたし」

というか突拍子のなさは須王さんも同じではないか。人のことを棚に上げてなにを言う。

チラリと彼を見上げると、目が微妙に泳いでいる。朝からなにを思い出したのやら。

こんな反応を見せるなんて、案外遊び人というわけではないのかも？　と新たな一面に気づく。

でもあまりイジメるのはかわいそうなので、突飛な行動や言動は慎もう。

「ところで、私もコーヒーをいただいてもいいですか？」

「ああ、もちろん。朝ごはんも用意しているから座ってて」

ダイニングテーブルにはサラダとフルーツの他に、スモークサーモン、オニオンスライス、チーズ、ハムが用意されていた。

ホテルのブレクファストかな？

豊富な食べ物を見つめていると、須王さんが卵の調理法を確認してくる。

「ゆで卵、スクランブルエッグ、オムレツか目玉焼きのどれがいい？」

「え、一番簡単なので……いえ、須王さんが食べたいのでいいですよ」

というか私やります、とは言いだせない。

このラインナップでやるならゆで卵と目玉焼きの二択になる。しかも目玉焼きの成功率は決して高いとは言えない……高確率で黄身が割れるし殻も入る。

「ではスクランブルエッグにするか。コーヒー飲んで待ってて」

マグカップに入ったコーヒーを一口堪能する。喫茶店でマスターが淹《い》れてくれるコーヒーの味がした。

「須王さん、料理されるんですね」

「ひとり暮らしが長ければ必然的に。清良も自炊はするだろう？」

「まあ、そうですね……」

そっとキッチンから視線を逸らす。

自炊はもちろんするけれど、出来上がりはなんだか微妙なものばかりだ。あと同じ調味料しか使わないから、味も似たり寄ったりになってしまう。

オイスターソースとか挑戦してみたいなと思いつつも、慣れない調味料はどれを選べばいいのかもわからずじまい。

料理ってセンスだよね……とつくづく思ってしまう。

あっという間にスクランブルエッグを作り終えて、須王さんが運んできた。その間私はと言えば、ただおいしいコーヒーを飲んでいただけである。

働かざる者喰うべからずの精神を忘れてはいけない。

洗い物と、他の家事を積極的にやらねば……！

「おいしそうですね。豪華なサンドイッチも作れそう」

「だろう。ホットサンドメーカーもあるぞ。好きなホットサンドを作ったらうまいと思う」

朝から具材をたっぷり挟んでホットサンドを作るなんて、天才では？

ホットサンドメーカーは、あったらいいけどキッチンにしまう場所がないから買えずにいた調理家電のトップ5に入る。ちなみに一位は、材料を投入するだけで料理してくれる自動調理鍋だ。

早速電源を入れて温める。思っていた以上にコンパクトでオシャレだ。

うきうきしながらレタス、ハム、トマトとチーズをサンドしてプレスした。短時間で出来上がるのもすばらしい。

「いいですね、これ！　ずっと気になってたんですよ、ホットサンド」

「それはよかった。誰かにいただいたものだったんだが、ずっとしまったままだったのを思い出したんだ。君が喜んでくれるなら今後も使おうか」

「ありがとうございます。これなら私も朝食の準備ができそうです」

具材を切るだけならなんとか。

しかしさすが須王さん。探せばあれこれ眠ったままの家電が出てきそうだわ。

焼き上がったホットサンドはパンから零れたチーズがぱりぱりになっていて、トマトも程よく火が通っていた。香ばしい匂いが食欲をそそる。

おうちでカフェご飯ってテンションが上がるな。

熱々のホットサンドと絶妙な火加減のスクランブルエッグは私の胃袋を大いに喜ばせた。

おいしいものって幸福感を生むよね……としみじみ感じていると、上品な所作でサンドイッチを食べ終わった須王さんが、私に慈愛のこもった微笑みを向けた。

「食事をする清良がエロくてムラムラする」

「アウト！」

表情と言動が一致していない。

おいしくて満足していた私の気持ちが台無しだ。

「間違えた。食事をする清良が可愛くてニコニコする、だった」

「もう遅いですよ」

ムラムラしているかどうかを確認するつもりはない。自己申告としてもいかがなものか。

プレートに残ったスモークサーモンとサラダを食べながら、じっとりとした目を向ける。

「ちょっと欲望を駄々《だだ》洩れしすぎでは」

「確かに困ったな。君といると飾らない自分が出てきてしまうようだ」

「飾らない自分……ものは言いようとはこのこと」

イケメンだからなにを言っても許されるとは思うなよ。

朝から豪華な朝食も、三大欲求の二つを満たしてから最後に……という算段ではないよね？　と穿《うが》った気持ちになってくる。

人の厚意を素直に受け取らせてほしいのに、年を積み重ねるにつれて真意を探ることを忘れてはいけないという教訓が頭のどこかにある。

すべて綺麗に胃におさめてから、「食後のコーヒー淹れますね」と席を立った。

「じゃあ一緒にやろうか。使い方を教えてあげる」

「え……はい」

距離を置いた意味がない……でも使い方は知りたい。

どこにコーヒー豆があるか、どうやって淹れているかを簡単に教えてもらうが、本格的な淹れ方は私には無理だ。

豆を挽《ひ》くというのもハードルが高いが、慣れるしかない。

ハンドドリップでの淹れ方を習ったけれど、後でインスタントのコーヒーを買ってこよう……。寝起きで覚醒していない頭では、電気ケトルでお湯を沸かしてすぐに飲めるコーヒーもほしい。

師匠の食後のコーヒーを味わった後、片付けを申し出た。

「朝ごはんを作っていただいたので、私が洗い物とかしますね。他にも家事雑用はなんなりと」

「洗い物はディッシュウォッシャーがあるから気にしなくていいし、家事雑用もこれと言っては思いつかないな……」

「これだけ広いと掃除機も大変でしょう？」

「各部屋にお掃除ロボットもあるし、定期的にハウスキーパーも来てくれるから」

「ええと、では洗濯は？　須王さんが嫌じゃなければやりますよ」

「うちが契約しているクリーニング店が週二回来るし、家で洗濯はしたことないな。一応洗濯機はあるけれど」

下着もクリーニングに出しているんだろうか……。喉まででかかった質問は飲み込んだ。きっと生まれながらのセレブには普通のことなんだろう。

「……日用品の買い出しなんかは」

「タブレットでネットスーパーを利用して、届けてもらってるね。このマンションのサービスの一環で」

……私、いらなくない？　ことごとくやれることがない。

いや、家事手伝いで来ているわけではないのだけども。

「じゃあ私はなにを……なにができるんでしょう」

これでは本当にただの居候、もしくはペットではないか。

衣食住の面倒を飼い主にみてもらえるペット……次生まれ変わったらお金持ちに飼われる猫になりたいと思ったこともあったけど、もしかして今世がそのターンだった？

須王さんに飼われるペットになれるなら、お金を払ってでもお願いしたい女性は多そうだ。

「君はここで息をしてくれているだけでいいよ」

須王さんが爽やかな笑顔とともにとんでもないことを言いだした。一歩間違えればヤンとデレが合体した言葉に聞こえてくる。

生憎呼吸をする人形になるつもりはない。

「それはさすがに……ねえ？」

怠惰の極みのような生活への憧れもちょびっとあるけれど、多分そんな意味合いではないと思う。

「まあ半分冗談だけど」

「半分」

ダメだ、完全にからかわれている。

いちいち反応しないようにと思っているのに、須王さんはどうも掴みどころがない。紳士の仮面を捨ててぐいぐい来るわりには、真意が掴めない発言をする。

この人が敵か味方かはっきりさせたいところなんだけど、それを確認するのは諸刃《もろは》の剣だ。敵だった場合が怖すぎる。

「さて、今日の予定だけど……君の買い物に行かないとだな」

「え？」

グイッと手を引っ張られて、腰を抱かれる。そのままソファに誘導される。

コロン、と転がされてあっという間に押し倒された。

「ちょっ……！」

一応数着持ってきた衣類のひとつ、ルームウェアのワンピースの裾を大胆にめくられた。あまりに堂々とされるから、こっちがびっくりしてしまう。

「コンビニの下着じゃ味気ないし」

「その確認!?」

下着泥棒に漁《あさ》られたかもしれないので、衣服はほとんど持ってきていない。

今穿いている下着も、昨日の夜タクシーで須王さんのマンションに移動中に、コンビニに寄って購入したものだ。

「味気ないと言われても、ちゃんとしっかりしてますよ！」

パンツに謎のフォローを入れつつも、買い物が必要なのは事実である。

「俺はもちろん、中身が一番大事だと思っているけれど。でも視覚的に遊び要素があった方がおいしいだろう？」

「知りませんよ、っていうかなんの宣言ですか」

あんたの好みは聞いてない。

そしてこの体勢はよろしくない。

先ほどのハグと同様に須王さんをグイッと押してみるが、今回はあっさり退いてくれそうになかった。

手首を摑まれて顔の横に縫い付けられる。太ももに押し当てられるのは、先ほど彼が言っていたムラムラの証拠だ。

これはいつからとか、まさかあの発言のときからこんな状態だったのかとか、気づかないふりをするのがマナーなのかと、頭がぐるぐる回転する。

「あの、ちょっと須王さん……」

「顔、真っ赤。可愛いな」

なんだか声も吐息もいやらしい。健全な朝に似つかわしくないほど艶めいている。

どうやら私は須王さんから発せられるフェロモンを無意識に吸い込んでしまったようだ。彼の色香にあてられて動けないうちに、耳をレロッと舐められた。

「……っ！」

声にならない悲鳴を上げる。

彼の舌が耳を嬲り、身体の奥がぞわぞわしてきた。

カリッ、と耳殻を甘噛みされると無意識に嬌声《きょうせい》が零れそうになる。

って、これはまずい。朝からこんなことになるなんて、さすがに予想していなかった。このままでは流されてしまう。

「す、須王さん！　理性をしっかり！　っていうか、下心だけで私を泊めたんですかっ」

「下心と善意が半々だな」

微妙過ぎてわからない。それは多いのか妥当なのか。

「普通下心はないとか言いません？」

「なかったら君のデジタルカメラを人質に取らないと思うけど」

そりゃそうだ。

随所にちりばめられた優しさやイケメンスマイルで忘れそうになっていたけれど、この男はそもそも私のデジタルカメラをうっかりアレするかもしれないと脅していたんだった。

昨日は疲れ切っていてデジタルカメラにまで意識が向かなかったけれど、それも早急に返してもらわねば。

「据え膳はありがたくいただこうと思う。もちろん合意のない無理やりはしないけど」

「これまでどんだけ据え膳を喰ってきたんですか」

一度でいいから抱いてほしいと縋ってくる美女も多そう……想像するとなんだかモヤッとする。

「安心していいよ、遊びで関係を持ったことはない」

「へえ、私以外？」

私の首筋に触れられながら安心してと言われても、頸動脈《けいどうみゃく》を狙われたらおしまいでは……という意識が働いてしまう。

うっとりするような微笑で見つめられるが、この人が純粋に私に好意を持っているとは思えなかった。

「君との関係も遊びじゃなくて本気だけど、そう言ったところで伝わらないんだろうな」

視線だけで頷いた。

隙を見せたら喰われるなんて、どんなサバイバルゲームなの。スキンシップ過多なところは、モルディブでは知り得なかったことだ。

彼はとことん紳士で理想的な男性で、まるで映画に出てくる頼れるヒーローのような……つまりそう見えるように演じていたんだろうけども。今よりも理性的だったとも言える。

「いいですか、欲望のまま生きるのは理性的ではないですよ。人間に大切なのは感謝の心と謙虚さで、常に理性的に行動しないといつか破滅するかもしれません」

私への戒めでもある。

本当今世は大人しくしているので、破滅や波乱万丈な人生は勘弁してください。

「君が言いたいこともわかるが、俺はもう我慢しないことにしたんだ。自分の気持ちに蓋をして、二度と後悔したくないから」

なにやら意味深な発言に聞こえる。

これは須王さんの初恋とかの話だろうか。それとも私のように前世で視た昔話だろうか。

深く掘り下げるつもりはないので、神妙な顔をしておいた。誰だって後悔するような恋愛はあるよね、と。私には皆無だけど、主人公が苦悩する映画や漫画を思い出してみる。

「だから手に入れたいものがあるなら我慢しないし、全力で狩りに行く。君が頑《かたく》なになるなら、身体から落とすのも手かなと」

「いやいやいや」

エロいイケメン怖い。

話は通じるのに手段がえげつない。

確かに身体の相性とやらは、悪くなかったと思う。……比較対象がいないのでわからないけれど。確実に一生の思い出にはなった。

でも二度目がある可能性なんて考えていなかったし、ましてや再会するなんて思わなかった。再会する可能性があるなら思い出作りなんてしなかったのに、つくづく人生とは思い通りにいかない。

彼との再会は偶然だと思いつつも出来過ぎている。

ロマンティストな友人に言えば、すぐに「運命じゃん！」って言われそうだけど、残念ながら運命より因縁の方が近いと思ってしまう。

ともかく、ここで流されるのはよろしくない。

今度こそ須王さんがまき散らすフェロモンを吸い込まないように気を付けながら、私は太ももに当たる彼の雄を生理現象で片付けることにした。

「……もうなんでもいいですけど、男性の生理現象はひとりで処理してください」

「目の前でしていいの？」

「ダメです！」

「君に観察されながらというのは特殊なプレイだけど、ちょっと興奮しそう」

「私が無理です！」

「打てば響くとはこのこと。癖になりそうだ」

「マジ止めて……」

一瞬想像してしまった。顔が熱くてたまらない。

朝から一体なにをしているんだろう。

ソファの上で押し倒されながら下着を確認されて、性的な話題でわちゃわちゃしているとは……。

ぐったりしている私に、須王さんが不意打ちのキスをしてきた。

「っ！」

「今はこれで我慢しよう。まだまだ時間はたっぷりあるし」

諦めるという選択肢がないらしい。

須王さんはソファから下りると、先ほどまでムラムラしていたとは思えない爽やかさで出かける支度をと告げてきた。

「買い物、行くんだろう。一緒に付き合うよ」

「いえ、私ひとりで……」

「君は手ぶらでいい。荷物は俺が持つから」

「いえいえ、そんなわけには」

手ぶらって、まさか財布も持たなくていいと仰ってる？

これ以上借りを作らせないでほしい。

出費は痛いけど、コツコツ貯金はしているのだ。主に老後のために。

「謙虚は美徳かもしれないが、人からの厚意は素直に受け取るのも大事だぞ」

「下心のない厚意でしたら私も考えます」

私が手頃な価格のファストファッションブランドで全身揃えようとしたら、きっと須王さんは口を出してくるだろう。

いくつか買うのは構わないが、全部をここで揃えるのはいかがなものかとでも言いそうだ。ついでにご自身の趣味をさりげなく混ぜたコーディネートを提案されそう。

「じゃあ下心は半分だと伝えた通り、君の負担も半分でいい」

そう謎の言葉を残して、須王さんはリビングから出て行った。

自己処理に行ったのかな……と考えそうになる私を誰か止めてほしい。


すぐにカードを出そうとする須王さんをなんとか止めて、自腹で衣類を数着ゲットした。すかさずカードを出してくる妖怪と遭遇した気分だった。

レジで疲弊すること数回。そして最初のお店では敗北してしまった。須王さんに隙を見せたらとことん攻められることを知った。

ちなみにランジェリーショップには当然の顔で付いてきそうだったので、それも止めた。周りの女性客のことも考えてあげてほしい。

そもそも彼は私の恋人ではないので、適切な距離ではないんですが。

今までこんな爆買いはしたことない。

数日着まわせるくらいの衣類と下着をまとめて買ったのははじめてだ。結構な荷物になったが、須王さんが下着の紙袋だけを残して他を全部宅配便で自宅に送ると言いだした。

買ったものを宅配便で発送か……。

こういうとこがナチュラル・ボーン・御曹司なんだろうな……。私は無駄な出費にはとことん財布の紐《ひも》を堅くする庶民である。

「もう夕飯時だな。どこかで食べてから帰ろう」

衣類の他にも日用品などを見ていたら、あっという間に時間が過ぎた。時刻は午後六時を回った頃。確かにお腹がグウ、と鳴った。

「なにか食べたいものは？」

「そうですね……なんでも食べられますが。この辺でおいしそうなレストランを検索してから決めましょうか」

ＳＮＳのアプリを起《た》ち上《あ》げる。

こういうとき便利な時代になったなぁ、としみじみ思ってしまう。

近くにあるいくつかのお店をピックアップした。

感じのよさそうなイタリアンやスペインバルに和食など、写真を見比べて食べたいものを話し合う。

「お昼はサクッと蕎麦《そば》を食べましたし、夜はがっつりでもいいかなと」

「そうだね。じゃあ和食以外にしようか」

「ですね。……あ、この隠れ家風のイタリアンなんてどうですか？　北イタリアの伝統的な料理が売りみたいですが」

あれこれ料理の写真を見ながらお店のページへ飛び、小ぢんまりした店内の雰囲気に惹かれた。ワインと料理にこだわっているのが伝わってくる。

須王さんが店に電話をすると、テーブルは空いているとのこと。十分以内に二名で行くことを告げた。

「ここからなら徒歩五分ほどだな」

「道案内はお任せしますね」

自慢ではないが、私は地図が読めない女だ。

マップアプリに従っても迷ってしまう。私の周辺だけ磁場が歪《ゆが》んでいるとしか思えない。

「ああ、任された。こっちだ」

さりげなく手を握られた。

ごつごつした手ですっぽり覆われると、男性的な逞《たくま》しさを感じた。

こういう動作を自然にできるところも、モテるイケメンなんだろうな……いつ手を繋ごうとタイミングを計るような初々しさは須王さんから感じられない。きっとそんなもどかしい感情は幼稚園生で卒業してそうだ。

道案内を頼んでおきながら手を振りほどくのも大人げないかと思い、繋いだままになった。傍《はた》から見たら恋人同士に見えるかもしれないが、恋人繋ぎじゃないからセーフだと思いたい。

「ここだな」

「思ったより近かったですね。看板が小さいから素通りしそう」

サイトの写真で見た通り、目的のレストランは隠れ家風の可愛らしい店だった。

飲み屋街から離れていて、住宅街にひっそりと佇《たたず》む静かな店だ。

外壁は蔦《つた》で覆われており、店内も木の温もりとアンティーク調のテーブルが味を出している。

店内はカウンター席といくつかのテーブル席がある。一番奥にある四人掛けのテーブル席に案内された。

隣との席は離れていて、適度にプライベート空間を感じられる。私的にはベストポジションだ。席が落ち着くかどうかって、わりと気になるポイントである。

「感じのいい店だね。こだわりが詰まっていそうだ」

「そうですね、居心地もいいですし」

「まずはワインと前菜の盛り合わせを頼もうか」

「いいですね。あと私、このボローニャ風ラザニアは食べてみたいです。一押しですって」

「それならディナーコースがよさそうだな。前菜もオススメも全部入ってる」

ワインの飲み放題も追加できて、一品ずつ頼むよりたくさん人気メニューを味わえる。

店主オススメのラザニアも入っているコース料理を注文することにした。

ほどなくして赤ワインと一緒に前菜の盛り合わせが運ばれて来た。

プレートに生ハム、バーニャカウダ、レバーのパテとバゲットにポタージュなど、豪華な前菜が六種類もあり、どれから食べようか迷いそう。

「これはお酒が進みますね」

「速いな。まあ、ほどほどに」

苦笑はしても止めはしない。もう何度も食事に行った仲だから、お互いそれなりにお酒を飲める し無茶《むちゃ》な飲み方をしないことも知っているから。

思えば一緒に食事をしても緊張しない男性って貴重かもしれない。そもそも長時間一緒にいても疲れない人が貴重だ。

家族や友人とも、プライベートの時間をずっと過ごすのはしんどいなと思うのに、須王さんとははじめからストレスを感じたことがなかった。なんでだろう。

普通こんなに容姿がいい男性と二人きりって、緊張して落ち着かないと思うのに。でも彼の口から前世に関わるワードが出てこないか、警戒はしているけども。

とはいえ、命を取られるような不安も心配もしていない。彼と過ごす空気感は悪くないと思っている。

そんなことを考えながら前菜の盛り合わせを食べ終えて、ワインを味わった。

ふと、アルコールが回る前に決めておかないといけないルールがあるのを思い出した。

「そうでした、須王さん。同居生活におけるルールってまだきちんと決めてないですよね。書面にしておかないと」

「え？　ああ……別に気にしなくていいんじゃないか？　気になったことがあったらその都度相談でも」

どうも家主が乗り気ではないが、それでは困る。

円滑に暮らすためには、互いに無理のない範囲で決めごとをしておいた方がいい。トラブル防止になるし、ストレスは溜めたくない。

「こういうのははじめが肝心ですよ。前と違って数日間の同居ではないですし。私もなるべく早く出て行くつもりですけど、いつとは言えないので」

「俺としては出て行かなくてもいいんだけど」

にこにこしながら自分の要望を混ぜてくる。まさか私のデジタルカメラをずっと預かるつもりじゃないでしょうね？

それに須王さんの部屋に慣れきった後、私は狭い単身者用のマンションに住めるだろうか……。

変なストレスを感じるようになったら困ってしまう。

今は広すぎて落ち着かないという気持ちを忘れずにいたい。

「なるべく早く出て行きますね。じゃないと贅沢に慣れてワンルームにストレスを感じるかもしれないので」

「だから俺としてはこのままでも」

そう言った直後、次のコース料理が運ばれて来た。

季節の野菜のピクルスと、この店の自慢のラザニアだ。二人前が大皿にドンッと運ばれてくると、ボリュームたっぷりで目を引く。

「お熱いのでお気を付けください」

取り分け皿を貰い、ラザニアにナイフで切り込みを入れた。

「須王さんのも取っちゃいますね。すっごいおいしそう」

「ああ、わざわざありがとう」

食べやすい量をお皿に盛り、チーズが蕩けた熱々のラザニアを一口頬張る。

一番人気というのも納得のおいしさだ。

「おいしい……見た目と違って軽いし、パクパクいけそう」

「確かにうまいな」

美食家っぽい須王さんも頷いている。口に合ったようだ。

濃厚なチーズやミートソースが重いのかと思いきやそうでもなくて、お酒が進んでしまいそうだ。

空になったグラスには赤ワインのお代わりが注がれた。

口直しにピクルスを摘まみつつラザニアを半分ほど食べ進めて、先ほどの会話に戻る。

「で、私が思う共同生活のルールって、基本から攻めるのが大事かなと。食事はどうするか、洗い物やゴミ出しに掃除など。いくらプロが掃除に来てくれるとはいえ、最低限のことは自分でやらないといけませんし」

「まだ続いてたのか……うん、続けて」

終わった話題だと思っていたらしいが、話し合いはこれからですよ。

今は長期休暇中だから食事も二人で摂れるけど、仕事に戻れば毎日のスケジュールも生活も異なるだろう。

須王さんが何時頃出勤しているのかもわからない。

「私は朝九時頃に出勤、残業がなければ十八時に退勤が多いですが、須王さんは平日の朝ってどんな感じですか？」

「日によって違うけど、早い方が多いな。八時には出社している」

私も朝は早起きを心がけているから、七時頃に朝食だったら一緒に食べられそうだ。

でも今朝の朝食を見ると、須王さんは毎朝しっかりご自身で作られているのだろう。私みたいにシリアルで済ませるようなことはなさそうだ。

「では食事はなるべく私が作りますね。居候の身なのでこのくらいはさせてください。一応きちんと食べられるものをお出ししますので。口に合うかはわかりませんが」

「それはありがたいけど、無理はしなくていいから。君も忙しいだろうし、できないことまで引き受けるのは負担だろう」

「ありがとうございます。無理なときは無理って言いますので大丈夫です。では冷蔵庫に入っているもので食べられたくないものは名前を書いておいてくださいね」

「いや、君も食べていいよ」

「食べられたくないご褒美スイーツとかあるでしょう？」

私はある。

実家にいた頃は、楽しみにしていたプリンやアイスを勝手に家族に食べられて大げんかに発展したことも。食べ物の恨みはなかなか忘れられない。

「そんな可愛らしいものはないから安心していい。だが、そうか。君はご褒美にスイーツを買うんだな。なにが好きなんだ？」

「いや、別に大層なものじゃないんで……」

「冷蔵庫に入っているものを気づかず食べてしまうかもしれない」

「たまにコンビニスイーツを買うくらいです！　プリンやシュークリームとか、エクレアとか」

あなたの口には合わないだろう。いや、案外コンビニスイーツにハマるきっかけになるかもしれない。

「ふーん、そっか」

須王さんがなにやらにやにやと笑っている。

子供っぽいと思われた気がして、グラスに残ったワインをぐびっと飲み干した。

「言いたいことははっきり言っていいですよ」

「可愛いなと思っただけだが。今度からおいしそうなスイーツを見つけたら買っておこう。プリンとシュークリームとエクレアが好きなんだな」

……こう、すぐに可愛いと発言する男はいかがなものか。

安易にそんなことを言わないようにと注意したいのに、スイーツの誘惑が私の心をときめかせる。

「……須王さんならあちこち出張に行ったりしますか？」

「うん？　まあ、最近は落ち着いているが、それなりには。ご当地のおいしそうなものがあれば買っていこうか」

「お願いします」

アルコールでいつもの理性を半分ほどにまで下げられた私はあっさり彼の提案に乗っていた。

だってご当地グルメは絶対おいしいじゃない。お取り寄せをするのもいいけど、取り寄せられないものも多い。

「清良は食べ物関係には素直だな」

食い意地が張ってると思われたが反論できない。

「まあ、そうですね。人の一生の食事の回数なんて決まっているので、どうせならおいしいものだけを食べて死にたいですから」

ポロッと本音をこぼしてしまった。

アルコールを飲んでいると、危機管理が低下する。まるで前世で早死にしたからと匂わせているようにも捉えられかねない。

でも、もしも私の発言になにか違和感を抱いていたなら、ここでもう少し踏み込んでしまおうか。あなたが持っているそのキーホルダーは、なんのエンブレムですか？　と。

どこかのブランドなのか、オリジナルのものなのかくらいは訊いてもいいかもしれない。もしも後者なら、どんな意図で作成したものなのかも……。

「確かに。俺も食にはこだわりたい方だから気持ちはわかる。最後の晩餐はなにがいいかと、たまに考えることもあるな」

「……へえ、そうなんですね。最後の晩餐はなにがいいんですか？」

「今のところは白米かな。それは絶対外せない。白米の付け合わせで悩んでるんだ」

そう微笑んだ表情からは、その他の感情が見つけられない。

ふと、前世で処刑された私は、最後の晩餐になにを食べたんだろうと思った。記憶になければ夢にも出てきたことがないので、いくら考えても思い出せないが。

……なんだか、人の心の裏を読み取ろうなんて無意味だな。

他者の思惑なんてエスパーでもないのだからわかるはずがない。考えるだけ無駄なことに時間も心も使うべきではない。

自分の直感は大事だけど、私が窮地に立たされるようなことにはならないだろう。少なくとも清《わた》良《し》はなにも犯罪行為をしていないので。

「私だったら梅干しと納豆は外せないですね。あと味噌汁とか」

「ああ、それもいいな。付け加えておこう」

彼との付き合いは、長い人生の中で一瞬だけ。こんなたわいのない話をするだけの関係だ。それ以上踏み込むことは避けた方がいい。

キーホルダーに刻まれていた薔薇と双頭の鷲について考えるとモヤモヤするけれど。もしも須王さんが本当に前世の関係者だとしたら、私はどうしたいのだろう。

謝ってほしいわけじゃないし、彼が清良《わたし》を悪女と陥れる理由もない。

前世がもたらす今世の影響はいかほどのものなのか。深く考えたことはなかった。


牛肉の赤ワイン煮込みとデザートまで平らげた後。食事代はきっちり割り勘でと主張したが、彼は自分が全額払うと引かない。

結局ジャンケンで決着をつけて、私はあっさり負けた。

須王さんが勝負事に強いのか、私が弱すぎるのか……。

店を出てからお礼を告げる。

「……ごちそうさまでした」

「うん、どういたしまして。ところで外食のたびにジャンケンは恥ずかしいから、君は諦めて俺におごられてくれないか」

「嫌です」

「傍から見ると男女のどっちが支払う問題って、すごくウザいと思うんだが。バカップルのいちゃつきのようにも見えるし」

「それは……否定できないかも」

でもはじめから須王さんが割り勘に合意してくれればいいだけのことじゃない？

思わずじっとりとした目で見つめてしまう。あれか、イケメンなのにケチ臭いと思われることが嫌だったり？

須王さんは小さく息を吐いた。呆《あき》れというよりは、駄々をこねている子供に向けるような眼差しだ。

「君にデートなら男がおごるのは当然だとか言ったところで、今日のはデートじゃないし今の時代は割り勘が主流だとでも言うだろう」

「そうですね」

ちなみにモルディブ旅行中はきっちり割り勘だった。むしろ泊まらせてもらっている身なので須王さんの食事を一度くらいごちそうしようとしたら、はっきり断られてしまったので。割り勘で落ち着いたのだ。

正直、私の場合は誕生日や特別な記念日でもない限り、恋人に全部おごられるのは居心地が悪くなりそうだ。……恋人がいたことはないのでエア彼氏を想像してるけど。

それは少なからず、男女は対等でありたいと思っているからかもしれない。

前世の貴族社会は圧倒的に男社会だったため、女性の社会的な立場は弱かった。女性はプレゼントを貰うこともおごられることも当然ではあったけど、それを前世の私は喜んでいたのだろうか。

「俺は、女性がデートのために時間をかけて着飾ってくるんだから、男が食事代を出すのは当然だと思っている。それを言ったところで君は納得しないなら、今回は俺が外で食べようと提案したのだから俺が払った。それなら納得はできるだろう？」

確かに、その理論で行くと筋は通っている。

私は渋々頷いた。

おごってもらう理由がない限りおごられたくないと思うのは意地を張っているだけなのだろうか。

だんだん自分がめんどくさい女に思えてきた。

自分でも可愛げがないと思うけど、やはり対等でいたい気持ちの表れなのかもしれない。

「君が自立心のある大人の女性だということを否定しているわけじゃない。だがもう少し俺に甘えてほしいだけだ」

自分のわがままと捉えてくれても構わないと付け足された。なんというか、須王さんの方が一歩大人だと思わされる……年上なのもあるけれど。

「甘えるというのは、同居のルールに追加されますか」

「ルールで決めることではないが、君が自発的に甘えてくれたらうれしい」

須王さんは私の頬にかかった髪をひと房取り、耳にかけた。そのまま手が後頭部にまでスライドし、そっと髪を撫でられる。

「……」

今の手つきは幼い子供にするようでもあり……どことなく懐かしい気がした。

でもなんで懐かしいなんて気持ちがこみ上げたんだろう。うちの両親からそんなことをされた記憶はないのに。

そっと須王さんを見上げる。

少し色素が薄くて、灰色の瞳。

私を真っすぐ見つめている目は柔らかくて吸い込まれそうで……でも本当に私を見ているのだろうか。

「さて、帰るか。駅前でタクシー拾おう」

「え、電車でいいのでは」

「ほろ酔いの清良を他の男に見せたくない。気づいてないだろうけど、頬がピンクに染まってる。それに君も万が一知り合いと遭遇したら嫌だろう？」

「それは嫌ですね」

プライベートな時間を同僚に見られたら厄介だ。しかもこんな目立つ男の傍にいるなんて、出社してから根掘り葉掘り訊かれそう……。

大人しくタクシーに乗り、マンションについてからも私はずっと考えていた。

あれこれありすぎて混乱しているけれど、自分がやるべきことを一歩ずつ進むしかない。

今の自分にできることをしよう。とりあえずスマホがあれば物件探しはできる。

私が須王さんの自宅に慣れきってしまう前に、早く次の住処《すみか》を探して引っ越しを完了させればいい。

職場から三十分圏内で駅近、オートロック、防犯重視で次は五階以上の物件がいいな。

変質者が簡単に侵入できないように人通りはある程度ある方がいいし、夜道も安全で治安がいい場所を選ばないと……。

防犯重視の単身者向けマンションって家賃高いよね……胃が痛くなりそう。

うちの会社は副業しても大丈夫、むしろどんどんやっていいよという今時な会社なので、他で稼げる手段を探した方がいいかもしれない。せめて急な出費分くらいは……。

「清良、なにかお茶でも飲むか？」

「ありがとうございます。私淹れますよ」

須王さんに声をかけられた。

スマホをローテーブルに置いてソファから立ち上がる。

だが慌てたのがよくなかったのだろう。つま先をローテーブルの脚に思いっきりぶつけてしまった。

「い、……った！」

ガツン、と蹴ってしまった直後。テーブルに置いていたグラスが倒れて、中に入っていた水が零れた。

「なんか音がしたが大丈夫か？」

様子を見に来た須王さんが声をかけた。

ラグの上で蹲《うずくま》っている私は、若干涙目で大丈夫だと答える。

「つま先をぶつけて痺れてますが、多分大丈夫……」

「……あ～、言いにくいんだが。二次災害で君のスマホが水浸しになっているようだ」

「え」

グラスが倒れたところまでは見ていたが、痛すぎてそれどころではなかった。

万が一テーブルから落ちてもラグを敷いているので割れることはないと安堵していたのだが……

スマホは水でびしゃびしゃになっていた。

「わああ！」

スマホって防水されてたっけ!?

あ、でも私のは最新モデルじゃなかった。五年くらい使い続けているからヤバいかもしれない。

まさか私のスマホめがけてグラスが倒れるなんて思わないし、どうしていつも確率が低い方向に悪いことが起きるのか。

足の痛みを忘れてスマホを弄る。

だが一度画面がついた後、すぐに暗くなってしまった。

「あああぁ……！」

どこを触っても反応がない。

これはもしや……愛用していたスマホがご臨終したのでは？

もちろん寿命も関係しているかもしれないけど、まさかスマホで賃貸を検索しようと思っていたタイミングで？

私にとり憑く疫病神はつくづく意地が悪い。

「なんで、こうも思ってもいない方向に進んでしまうのか……」

「災難は重なるものと言うからな」

須王さんが慰めにならないことを言った。確かに悪いことは続くものである。

「……っ、私、もうお祓《はら》い行ってきます……！」

今すぐ清めてもらいたい。夜でも受け付けてくれるところ……ってスマホで検索できない！　不便！

「まあまあ、落ち着きなさい」

「だっていつも、なんでこのタイミングに!?　って思いたくなるくらい、嫌がらせのような不運が起きるんですもん。いくらいい行いを意識していても、ラッキーなことなんて起こらないのに」

じんじんした痛みがトリガーとなり、胸の奥にしまっていた鬱憤が溢《あふ》れ出《で》てきた。

見返りを求めているからダメなのか。

でもいいことが起きてほしいとか、悪いことが起きてほしくないから徳を意識して行動すること

のなにがダメだと言うのだ。

努力は報われるとは言うけれど、運は自分でコントロールができない。

子供の頃からここぞというときについてなかった。

高校、大学ともに受験の第一希望は失敗し、第二希望以下しか受からなかった。全部合格圏内だっ

たのに、何故本番で実力を発揮できなかったのかわからない。

塵も積もればなんとやら。そのうちほしいものはほしいと言えなくなった。

今までおみくじなんて凶と大凶以外引いたことがない。

次第に今我慢すれば、我慢した分だけ運を使わずに済むんじゃないかと打算が働くようになり、

自己満足ではじめた一日一善も止めるにやめられなくなった。

嫌がらせのようなアンラッキーを気にしないようにしていても、時折虚《むな》しさが溢れてくる。いつ

も一番にほしいものは諦める。

そんな癖もやめたいのに、長年染み付いた防衛本能に私自身が縛られている。

「こうなれば滝行……もう心身ともに清めるしか」

「女の子が身体を冷やすのは絶対ダメだ。ほら、ソファに座って。あったかいものがいいかと思ってルイボスティーを淹れたけど、今の清良には酒の方がいいかな」

いつの間にかびしゃびしゃに濡れていたテーブルはタオルで拭かれていた。ラグもすぐに乾くだろう。

「かたじけない」

「急に武士？」

こんな情緒不安定な女をめんどくさがらず、須王さんは笑って流してくれる。

温かいお茶を飲むと、少しずつストレスレベルが下がっていくようだ。嫌なことが起こるとどうして連鎖のように次々と嫌な記憶が蘇るか。

もっとメンタルコントロールを身につけないと。ストレスをうまく発散させたい。

「ビールもあるけど、飲む？」

「……飲む」

須王さんがわざわざ冷蔵庫からとりに行って、プルタブまで開けてくれた。

グラスに注がれた黄金色に惹かれるように口をつけると、飲みなれた炭酸が喉を刺激した。

「おいしい……お見苦しいところを、すみません」

「構わないよ。あとそろそろ口調もフランクにしてほしいな。丁寧語は壁があるように感じられて、君の本音が伝わりにくいから」

「……じゃあ、少しずつで」

「うん、それと名前も」

「欲張りすぎでは？」

事あるごとに名前呼びを要求される。そんなに苗字《みょうじ》で呼ばれることが好きじゃないのだろうか。

でも私も、仲のいい友人には気兼ねなく清良と呼んでほしい。ずっと「羽衣石さん」と呼ばれるのは寂しい気がする。

「誓って呼びにくいならチカちゃんでもいいけど」

「私が恥ずかしいので嫌です」

「ほら、また口調」

あれこれお願いされても一度に変更するのは難しい。

こんな面倒な女なんてさっさと追い出したらいいのに。須王さんは呆れもせず、楽し気に私を見つめてくる。

「では宿主なので、ご主人様とお呼びしましょうか」

「それはそれで背徳感があってそそるけど、うちにメイド服はないし。いけないことをしている気になるから却下」

いけないこととは、私に手を出す気が満々だからか。余計なスイッチは入れない方がいいかもしれない。

「それなら誓さん？」

「さん付けも好きじゃないからダメ。誓か、チカちゃんの二択で」

それはもう実質一択じゃないか。先ほど却下をした呼び名をふたたび入れてくるなんて。

私は渋々、「では、誓で……」と呼ぶことにした。

なんで私の方が照れるんだ。顔が熱くて気恥ずかしい。

「うん、それがいい。対等になれたように感じる」

呼び名ひとつでと思うけど、こういう些細なところから関係性は構築されるのかもしれない。これも須王さん……誓のこだわりなのだろう。

それに対等を意識していたというのは、なんだか少しうれしくもある。

「それで、つま先の痛みは？　まだ痛む？」

たわいのない話をしていたら、いつの間にか痛みは薄れていた。

「いえ、マシになったかと」

「そう、よかった」

手のひらからビールのグラスが抜かれた。まだ半分しか飲んでいないのに。

誓がグラスをローテーブルに置くと、私の身体を持ちあげて膝に乗せてきた。

「え、ちょっ……っ！　なに？」

「弱ってる清良に付け込もうかと思って」

穏やかな微笑は惚《ほ》れ惚《ぼ》れするほどイケメンなのに、発言がクズだ。いっそ清々《すがすが》しい。

ムッと眉を顰《ひそ》めても気分を害することなく、私の唇を指先でなぞってくる。

一拍後、唇に触れるだけのキスをされた。

慰められているんだろうか。それともただしたくなっただけなのか。

嫌なら抵抗すればいいのに……じっと至近距離で見つめられると、自然と瞼を閉じてしまう。そこにはもう少し温もりを感じてもいいという期待もあるのかもしれない。

背中と後頭部に手が回る。

ギュッと抱きしめるように、唇がふたたび唇を重ねてきた。

ついばむようなキスが数回。薄く開いた唇に彼の舌が差し込まれた。

私の唾液にビールの苦さが混じっているかもしれない。彼はなにも飲んでいなかったな、などと頭の片隅で考えつつ彼が与えてくれる熱に身をゆだねる。

キスをされても抵抗感がない。嫌悪していない時点で、私の心はきっと自分で考えるよりも彼に傾いているのだろう。

そう思うとなんだかお腹の奥がズクン、と疼きだした。

モルディブで過ごした最後の夜が鮮明に脳裏に蘇る。

甘くて熱い交わりは後悔していない。たった一夜の出来事だと思っていたから。

でももし二回目があれば……私は拒めないかもしれない。この人の温もりが嫌じゃないから。

「ン……ッ」

飲みきれない唾液が唇の端を伝う。

意識的に呼吸をするも、少しずつ酸欠になってきそうだ。

だが、このまま受け身でいるのはなんだか面白くない。誓に翻弄されるばかりというのは、私のささやかな闘争心に火をつけた。

抱きしめられているだけでなく、もし抱きしめ返したら彼はどんな反応をくれるだろう。

舌を差し込まれるだけでなく、私から彼の口内に侵入して積極的に攻めてみたら、少しは戸惑うだろうか。

誓の肩に乗せていた手をそっと彼の首に巻き付けた。

自らギュッと抱きしめるように密着し、身体をこすりつけながら誓の舌に己のものを絡ませる。

私を抱きしめる腕が僅かに強張《こわば》った気配が伝わった。だけどそれも気のせいと思えるほど些細なもので、私を抱きしめながらその手が背中を上下に撫でる。

宥められているのかもしれない。

名残惜しそうに唇が離れた。

唾液に濡れた唇がなんとも艶めかしいのはお互い様か。

「……先に仕掛けたのはそっちなんだから、もう少し抱きしめてて」

傲慢にも捉えられるようなお願いに、誓は拒絶することなく私をふたたび抱きしめる。

だがなにかに耐えるように、少し余裕のない声で尋ねた。

「抱きしめるだけでいいの？」

「うん、満足」

きっと彼の欲望は滾《たぎ》っているだろう。

現に服越しに昂りが伝わってくるけれど、ここで問いかけるということは押し倒すつもりはないということ。

でももう少しだけこの温もりから離れがたくて、私は自分でも知らないほどわがままで貪欲で、ちょっぴり残酷だと思い知った。

◆◆◆

——参ったな。

腕の中にいる柔らかな温もりがダイレクトに誓の欲望を揺さぶってくる。このまま清良を寝室に攫ってしまいたいと思いつつも、なんとか彼女を解放した。

理性的であらねばならないなんて思ってもいなければ、隙があればとことん付け込もうと考えているのに。強引に手を出して嫌われたくないという怯《おび》えもゼロではない。

その僅かな理性が誓の欲望を抑え込んでしまう。

恋愛に奥手なら、身体から誑《たら》し込《こ》んで快楽を覚えさせて、自分に流されてしまえばいい。そのつもりで清良に手を出しかけているのだが……。

——清良へのブレーキなんて壊れているんじゃなかったのか。

なけなしの理性が生きていることに、誓は自嘲気味に苦笑した。

キスだけで誓の欲望がおさまるはずもなく。彼は仕方なしに浴室にこもり、自己処理に励んだ。

精を解放した後は、なんとも言えない虚しさがこみ上げてくる。

あとどれくらい清良に踏み込めるだろう。それとも時間をかけるべきか。

彼女が自分を意識しているのは伝わってくるのに、恋愛感情が芽生えていると思えるほど自意識過剰にもなれない。

今はまだキスを受け入れてもらえているだけで喜ぶべきか。抱きしめてほしいとねだられたのも、十分誓の胸を満たしたではないか。……股間の滾りは苦しかったが。

悶々《もんもん》とした気持ちを抱えながら、ゲストルームの扉をじっと見つめる。

寝ると告げた彼女が部屋に戻ってから一時間は経過していた。恐らくもう眠りに落ちているだろう。

自宅に連れ込んでから、誓はうまいこと言いくるめて自分の部屋で寝させてしまおうとも考えていたのだが、結果的には清良の意思を尊重させた。それに己の理性的な部分がまだ早いとも告げていた。

それでもこうして就寝前にしばらく扉を眺めてしまうほどには、清良と離れて眠るのが切ない。彼女と結ばれたモルディブでの夜を思い出してしまうと余計に。

両腕を組んだまま廊下で佇むのも虚しさが増す。誓はそっと溜息を落とした。

——まあ、寝顔くらいは堪能してもいいだろう。

夜這《よば》いをするわけではない。あくまでも清良の様子を確認するだけ。

ドアノブに手をかける。鍵はかかっていなかった。

——まったく、不用心だな。だが俺にとっては好都合。

これは信用の証か、ただのうっかりか。

それとも、入ってこられても気にしないということか。

都合よく後者だと解釈し、清良が眠るゲストルームに足を踏み入れた。

そっと入っても起きる気配がない。どうやらすっかり熟睡しているらしい。

部屋の中央にはクインサイズのベッドがひとつと、サイドテーブルとライトがあるだけのシンプルな部屋だ。続き間に浴室があるため、ホテルのように過ごせる造りになっている。

自分の部屋のように気兼ねなく過ごしてほしい。女性は専用に使える水回りがあるとうれしいだろう。

荷物や衣類はすべてクローゼットにしまっているのか、雑然とした気配がなく生活感が感じられなかった。

散らかっているのはあまり好きではないのだろう。清良の部屋も、空き巣がチェストを漁った痕跡を覗けば、散らかった印象はなかった。

「んぅ……ンンッ」

寝言というよりかは、唸《うな》り声《ごえ》に近い。

一瞬部屋に侵入した自分に対する抗議かと思ったが、清良の様子を観察するとそうでもなさそうだ。

——寝ているよな？

そっと清良に近づく。

横向きに眠る彼女は、眉根をギュッと顰めて枕を強く抱きしめていた。

「うぅ……ふっ、ン……」

——うなされている？

悪夢でも視ているのだろうか。

そっとベッドの端に腰かける。マットレスが沈んでも、清良が起きる気配はない。

形を変えて押しつぶされている枕が少し恨めしい。そんなものに抱き着いて縋るくらいなら、いくらでも自分を頼ってくれていいのに。

そうしたら先ほどの抱擁のように、清良が満足するまで抱きしめ返せるのに。背中をさすり気持ちを宥めて、慰めることだってできる。

つい嫉妬を込めた眼差しで枕を見つめるが、そっと視線を外した。

歯を食いしばるほどのストレスは、空き巣によるものだろうか。それとも、これまで彼女が背負ってきた不運が関係しているのだろうか。

——それとも……。

誰にも明かせない過去が、彼女にもあるのではないか。

清良の眦《まなじり》に浮かぶ雫《しずく》を指でぬぐう。

先ほどまでの唸り声は、いつの間にか嗚咽《おえつ》に変わっていた。

「ふ……っ、んぅ……くっ」

寝ながら泣く姿が誓の胸を締め付ける。そんなにも苦しむほど、彼女はなにを見せられているのだろう。

「清良」

名前を呼んでも反応はない。

眠りが浅ければそれだけで目覚める場合もあるだろうが、なにかしらの刺激を与えないと目覚めないのかもしれない。

頬を伝う涙を優しく指でぬぐい、誓はそっと清良の首へ指を這《は》わせた。

パジャマのボタンをひとつ外す。髪をどけて首筋に触れた。

滑らかな肌は指に吸い付くようだ。

なんの痕跡も見当たらない、傷ひとつない肌。

もしかしたら生まれつき、肌がひきつれたような痕があるかもしれないと思ったが、指先から伝わる皮膚は滑らかだ。誓の中に安堵が広がる。

――よかった。綺麗なままだ。

稀に前世で受けた傷と同じ場所に、生まれつき傷痕を持ったまま生まれることがあるらしい。そんな説を信じているわけではないが、絶対ないとは言い切れない。

首を刎ねられて死んだのなら、首になにかしらの痣《あざ》があるかもしれない。清良の首筋に触れるのははじめてではないのに、こうして何度も確かめたくなってしまう。

――ああ、でもそういえば、いつだったか喉が弱いと言っていたか。

お酒を飲んだ翌日や風邪のひきはじめは、必ず喉がやられるらしい。明日の朝は、喉に優しい紅茶と蜂蜜を出してあげよう。

――罪滅ぼしだと言われても否定できない。

贖罪《しょくざい》にも似た感情が胸の奥に潜んでいる。だけどそれを凌駕《りょうが》するほどの恋慕と執着が誓の原動力となっていた。

幸せになってほしい。できれば自分の隣で、幸せを感じてほしい。

顔も知らない男が清良に安らぎを与えるくらいなら、どんな手段に出ても自分が彼女に笑顔を与えられる人になりたい。

多少強引な手を使うことになっても構わない。誓の使命は、彼女を見つけて愛を与えること。それが過去の記憶を受け継いだ自分の役割であり、誓自身の願望だと思っている。

「……ヴィオレリア」

清良の瞼がぴくりと動いた。

そっと頭を撫でると、彼女の顔に少しずつ安らぎが浮かんでくる。

「愛してるよ。昔よりも、もっと」

変わったのは愛の種類だ。

かつて抱いていた純粋な感情より今の方が執着心が強く、本能的な欲望を感じている。

頑なな心を溶かしたい。誰にも染まっていない彼女を自分だけで独り占めしたい。

過去もひっくるめて清良がほしい。

清良の目で見つめられて、対等な立場で傍にいたい。

いささか駆け足過ぎるかもしれないが、これでも十分待った。

行き当たりばったり感があるのも否めないが、空き巣の被害は誓にとっては好都合。

――俺の胸で泣けるようになればいいのに。

そうなるにはきっと誓の信頼がまだ足りていない。

早く二人の間の溝を埋めたいと願いながら、清良の寝息が穏やかなものに変わるまで。誓はそっと彼女の頭を撫で続けた。

第五章

その人は、幼い娘に繰り返し同じ台詞を言い続けた。

『――あなたは可愛い可愛いお人形なのよ。お人形はどんなときでも、いい子でニコニコ笑っていなさい』

『はい、お母様』

お人形は怒ってはいけない、泣いてもいけない。

感情を剝き出しにしてはいけない。我がままを言ってはいけない。

それは幼い頃から言い続けられてきたことだ。

少女は常に両親が喜ぶ微笑みを浮かべて、愛らしく見えるように振る舞い続ける。そうでなければ両親の愛情を失ってしまうから。

『……でも、お母様。お人形はご飯を食べません』

『口答えは慎みなさい。あなたは特別なお人形なのよ』

母親は会話を切り上げて去っていく。

少女は母親と二人きりになると呪文のように言われ続ける〝お人形〟を疑問に思いつつも、無理やり納得させてきた。

『わたくしは、お父様の最高傑作のお人形……』

けれど何故、転んだら痛みを感じるのだろう。

どうして悲しいと涙も出て、お腹も減るのだろう。

——なんでお母様の目は菫色じゃないのだろう。

父は、少女の目の色は母譲りだと言っていた。理由のない嘘をつくとも思えなかった。

美しく成長するにつれて、少女の元にはたくさんの贈り物が届けられた。

それらはまず、母に預けられる。

母の点検後、彼女のお気に召さなかったものを人形である少女に渡された。

『いい子ね、ヴィオラ。一番美しいものとは、最後に残ったものを指すのよ。だからお母様が先に選んで、残りをお前に譲ってあげているの。ほうら、美しいでしょう？　お前にぴったりの宝石よ』

紫水晶の耳飾りを渡された。瞳の色と同じ石がついている。

残り物が一番美しい——ヴィオラはそれをありがたく受け取る。すべての贈り物はヴィオラに与えられたものなのに、お人形には選ぶ権利がないのだ。

『ありがとう、お母様』

微笑んでいれば、父親の機嫌は損ねられない。

美しいものを献上すれば、母親は満足そうに施しを与えてくれる。

耳を澄ますと心が擦り切れる音がする。

けれどお人形に心なんて存在しないから――ヴィオラはすべての感覚に蓋をした。


夢の世界から意識が浮上する。

その瞬間、私ははっきりとかつての自分を呼ぶ名前を知った。

「ヴィオ、ラ……？」

口に出すとしっくりきた。

私の前世の記憶がまたひとつ蘇ったようだ。

今までは昔の名前をどうしても思いだせなかったのに。誓の家に来てから、毎晩前世の夢を追体験しているせいだろうか。記憶の引き出しが次々に開いていく。

「……そうだ、ヴィオラは愛称で、本名はヴィオレリアって名前だった」

一目で他者を魅了して、誰かの人生をおかしくさせるほどの美貌を持つ少女。

絶世の美女は男を破滅に追い込む悪女であり、国を混乱に陥れた張本人。傾国の悪女と呼ばれてしまう。

けれど、何故だろう。どんなにイケメンにプロポーズをされようとも、彼女の胸は少しも弾んでいなかった。

「男が好きなわけではない……？」

恋愛を楽しんでいたように思えない。むしろどちらかと言えば、無関心に近い。

自分の名前を思い出したと同時に謎も増えていく。

前世の私がなにを思っていたのかは、今の私にもわからない。

新たに得た情報を夢日記に記入すると、胸の奥に言いようのない切なさが広がった。

◆　◆　◆

ゴールデンウイーク最後の金曜日。

この日は生憎平日のため、誓と清良も出勤日だ。続けて休みを取れば土日を含めて十連休以上になっただろうが、さすがに溜まりまくっている仕事を考えるとそうもいかない。

誓は休暇中にも急ぎの仕事を処理していたので、久しぶりにオフィスに出勤しても仕事が山積みという事態は避けられそうだった。

朝七時に清良と朝食を食べて、八時にはオフィスに到着した。自宅からオフィスまで車で二十分以内に到着する。今朝は清良を車で会社に送ろうとしたが、彼女にはすげなく断られてしまった。曰《いわ》く、職場の人に見られたくないらしい。

——懐いたと思ったら離れていく。近づきすぎないように距離を保とうとするなんて、いじらしい。

甘え下手で、でも甘えることが嫌いではない。だが甘える自分を許したくないのか、ふと我に返って一歩下がる。

そんな彼女をもっと自分に依存させて、もう離れたくないと言わせられたらどんなに満たされた心地になるだろう。甘えてもいいのだと気づいたとき、きっと清良に潜んでいた棘《とげ》が全部抜け落ちる。

その瞬間を想像するだけで無意識にほくそ笑んでしまう。

彼女の心が完全に自分に堕《お》ちる瞬間は、きっと甘露のように甘くて恍惚《こうこつ》とした気持ちにさせられそうだ。

「充実した休暇をお過ごしになられたようですね。なにかいいことでもあったのですか？」

朝一の会議を終えて移動中に声をかけられた。企画開発部課長の細田《ほそだ》だ。

誓はリゾート地の企画開発の統括を担っている。先日のモルディブ旅行も半分は仕事の延長であり、次のリゾート開発の参考としてデータを集めていた。

社内ではあまりプライベートな話題をしないようにしているが、細田とはこうして時折世間話をする仲だ。年齢が近いこともあるのか、気安く話せる部下である。

「実は最近猫を飼い始めたんだ。全然懐いてくれなかったんだが、少しずつ私に慣れてきてくれたようで可愛くてね」

「へえ、猫ですか！　いいですね。もしかして保護猫とかですか？」

「ああ、そんなとこだ。血統書付きではないけど、私の中では高貴なお姫様だよ」

「雌猫なんですね。いいなぁ、僕も猫ちゃん飼いたいんですけど、妻が猫アレルギーで」

「それは残念だな。アレルギー反応が出ない他のペットが飼えればいいが」

「ですよね。そしたら妻がトカゲならいいと言うんですけど、僕はもふもふできないペットはちょっと……」

細田が嘆いた。

申し訳ないと思いつつ、誓はつい笑ってしまった。

「他の癒やしを見つけた方がいいな」

「ですね……あ、今度猫ちゃんの写真見せてくださいね。では」

細田と別れ、誓は自分の役員室に入った。

一部始終を聞いていた秘書がぼそりと誓に問いかける。

「いつから猫を飼い始めたんでしょうね」

「言葉の綾《あや》だ。まさか社内で同棲を開始したなんて言えないだろう？」

「女性を猫扱いするのはいかがなものかと思いますけどね。まったく、あなた様から出会ったばかりの女性を自宅に住まわせることにしたとの報告を受けたときは、ついにやらかしやがったと思いましたよ」

「丁寧な口調で言えばいいってもんじゃないからな」

ついに、と言った時点で自分への評価はお察しの通りだろう。いつかは突拍子のない行動をすると思われていたようだ。

――まあ、違いない。古河《こが》にも情報は共有していたからな。

もちろん余計なことは言わず、意中の女性がいるということだけだが。

常に冷静沈着な男の眼差しを受けて、誓は苦笑した。あまり自分への信頼度が高いとは言えない気がする。

「彼女は同棲ではないと思っているんじゃないですか？　あなた様が強引に住まわせているんですから、同居か居候が正しいかと」

「俺は同棲だと思っているから問題ない」

社内で唯一プライベートの会話ができるのは誓の腹心とも呼べる秘書の古河だけだ。幼少期からの友人であり、古河の父親も誓の父に仕えている。

「適当なことを言って写真を見せる約束までしてどうするんです。まさか一枚も撮ってないなんてことは猫飼いにはあり得ないでしょうし」

「お試し期間が終えてうちのライフスタイルには合わなかったようだとでも言えばいい。もしくは嘘を本当にするか。清良さえよければ猫を飼ってもいいが、二人とも日中は不在となると猫がかわいそうだな」

誓はこれまでペットを飼ったことはない。生き物の面倒を完璧に見られるほど、自分は責任感のある人間ではないと思っていたから。

けれど二人で世話をするなら、そこまで気負わなくてもいいかもしれない。清良が猫を飼いたがったら検討するのもいいだろう。

「猫のことはひとまず置いておいて、羽衣石さんのことはどうするつもりです。回りくどく時間をかけてタイミングを計っていたようですが、接触してからは少々強引過ぎでは」

「空き巣に入られたのが予定外だったからな。だが好都合だ。あのタイミングで彼女の部屋について行ってよかったと、自分の幸運に感謝している」

デスクの上には、革で作られた誓のキーホルダーを置いていた。

清良の関心を引く餌として作っておいたものだったが、想像通り彼女は反応を見せていた。やはり彼女は過去の記憶を持っている。

「まさか空き巣もあなた様が仕組んだことでは？」

「さすがに俺への信頼がなさすぎじゃないか。証拠を残すような犯罪をするわけないだろう」

「なるほど、証拠を残さなければするのもやぶさかでないと」

「お前は俺を犯罪者かなんかかと思っているのか」

「いいえ、ただ手段を選ばない人だとは思っています」

それは否定できない。

手段を選んでいたら得物を取りこぼすことになる。

だが、彼女を精神的に傷つけて囲い込むような真似はしない。そんな愚策を良しと思うほど、誓は腐ってはいなかった。

「どうも気になる」

「なにがです？　彼女とは運命の赤い糸で結ばれているのかどうかなどと悩まれているのでしたら、気休め程度の占いでもされたらいかがですか」

「お前の口から運命の赤い糸って言葉を聞いただけでも驚きだが、俺に対してぞんざいな扱いすぎだろう。それに占いに頼るような男に見えるか？」

「いいえ。ですが占い師に賄賂を渡して意中の女性と相性抜群と言わせるような男ではあると思いますが」

「お前の中で俺の評価はどうなっているんだ……」

だがそれもなくはないな、と誓は考えた。清良があくまでも占い好きであればの話だが、彼女はあまり信じなさそうに見える。

「そんな話じゃなくて、空き巣の件だ。どうも出来過ぎていると思わないか」

「なにか引っ掛かりがあったのですね」

「正直誰でもよかったのか、清良だから狙ったのかがわからん」

たまたま清良の部屋を狙ったのか、それとも女性がひとりで住んでいるとわかった上で狙ったのか。下着泥棒なら確実に女性が住んでいると下調べをしてから狙うだろう。じゃないと入り損である。

となると、数日間旅行で不在中に狙わなかったのが逆に怪しい。発見が遅れた方が泥棒にとっても好都合ではないか。

「計画犯ではないのか？」

もしくはモルディブから帰国後、たまたま清良が帰宅するのを見かけて、外から部屋を確認し後日計画に移ったのかもしれない。

そうなると犯人は短期間で狙いを定めて衝動的に侵入したのだろうが、本当に目的はただの下着だったのか。

もちろん彼女の下着を漁り、あまつさえ盗んだ行為は許されない。彼女が負った精神的な苦痛と同等かそれ以上のものを与えたくなる。

「今羽衣石さんの部屋の修繕はマンションのオーナーが預かっているんでしたか」

「ああ、そうだ。今日にでも窓ガラスの修繕で業者が入る予定だが、まだ見積の段階だろう。実際の修繕はもう数日かかるはずだ。まあ、万が一清良に連絡を取ろうとしても通じないだろうな。スマホが死んでる」

清良に連絡がつかない場合は誓の番号に電話がかかってくることになっている。

あの場に偶然居合わせてよかったと安堵するが、どうもチリチリとした引っ掛かりが消えてくれない。

「ちなみに羽衣石さんの部屋の鍵は今どこに？」

「俺が預かってる」

清良のキーケースは新たな人質要員だ。これを誓が持っていれば、彼女は自ら危険な場所に向かわない。

「なるほど、彼女を言いくるめて強奪したんですね」

「人聞きが悪いな」

ちなみに清良のデジタルカメラは、彼女がいつでも確認できるようリビングの飾り棚に置いてある。人質としての役割はほとんど放棄したも同然だ。

「犯人は窓から侵入して窓から出たんですよね」

「いや、それもわからない。玄関の鍵は開いていたから、玄関から出た可能性もある」

「監視カメラはないのですか」

「エントランスに一台あるが、そこには映っていなかったらしい。だが地下のゴミ捨て場から裏口の鍵を開けて出たのだとしたら、カメラには映らずに外にも出れる」

「なるほど？　でも不審な人物がマンション内をうろうろしていたらリスクが上がりますよね。他の住居者に目撃される可能性もありますし。誓様ならどうされますか」

「外が人目につきにくい場所で街灯も少ないなら、外に逃走ルートを確保する。つまり出入りは一か所のみだな。本物の泥棒がどう思うかはわからんが」

素人意見になるが、監視カメラに残るような真似は避けたい。

短時間の滞在で目的のものだけを盗み、逃げるのが吉だ。

――わざわざ玄関扉の鍵を開けて逃走ルートを拡散させる意味もない……外部犯を装った内部犯の浅知恵にしてもお粗末じゃないか？

「……同じマンションに犯人がいたらどう思う」

「それなら堂々とマンション内を歩けますし、玄関から逃げるのは妥当ですね」

「隣の部屋の住人が一番怪しいな」

清良の部屋は角部屋だ。

それなら隣の部屋の住民が犯人という可能性もあり得る気がした。

「古河、清良の周辺に不審な動きがないか、引き続き探るように依頼しておいてくれ。あと、清良の隣の住民と、マンションのオーナーについても調査を追加してほしい」

「かしこまりました。隣人はすでに調査対象で依頼しておりますが、どうもここ数日は不在のようです。長期休暇で帰省されている可能性が高いとか」

「いつからだ？」

「それはさすがにわかりかねますが。依頼を受けてからまだ数日なので」

それもそうだと誓は納得した。だが犯行後に消えた可能性もゼロではない。

「八重沢瑞希《みずき》の調査はどの程度をご希望ですか」

「洗いだせるだけ洗いだせ。清良と親しげに話していたのなら、それなりに交流はあったんだろう」

清良はあからさまに自分を恋愛対象として見てくる相手には警戒するくせに、親切な顔をした知り合いには警戒度を下げる。笑顔の仮面の下で相手がどう思っているのかも気づいていないのに。

――本当に危うい。

誓が清良を見つけたのは半年ほど前のことだ。

清良が勤めているオフィス街に献血バスが停まっていた。

たまたまその付近を歩いていたところに、献血を終えたらしい清良が出てきたのだ。

通りすがりの女性の顔なんて気にも留めたことがなかったのに、そのときの誓は違った。視線が清良に吸い寄せられて――身体に痺れが走った。

『見つけた』

自然と零れた独り言に、自分自身でも驚いた。

見知らぬ誰かを見て心臓が高鳴るなんておかしい。だがもっとおかしいのは、彼女を一目見て気づいてしまったことだ。

彼女はずっと無意識に探し続けてきた相手だ、と。

生まれ変わったら絶対見つけ出すと思っていた人と本当に巡り合うなど、物語の中でしかあり得ない。

理屈で説明ができない現象に戸惑いつつも、脳が指令を出す。今すぐ動いて接点を作れ、と。

オフィスのビルへ戻ろうとする清良に背後から近づくと、彼女の手荷物からなにかが落ちた。すぐに落とし物を拾い上げれば、それはなんとも幸運なことに清良の社員証だった。

『失礼、落とされましたよ』

しっかり名前と会社名を覚えて、清良に声をかけた。

振り返った彼女は、誓を見ても彼が期待するような反応を示すことなく、恐縮したように頭を下げてお礼を言い去っていく。

前世とは似つかない容姿なのに、まるで本能が知っているかのように清良がヴィオレリアだとわかった。特別目を引く外見ではないけれど、誓の目には十分愛らしく映った。

左手で受け取ったとき、彼女の薬指に指輪はなかった。

独身の可能性が高いことに安堵し、すぐに懇意にしている調査会社に依頼する。まずは清良の素性を洗い、時機を見て接点を作ろう。

いきなり声をかけてナンパをすれば、警戒心の強い女性には見向きもされない。この顔を最大限有効活用できる機会は一度きりだ。

調査会社からの報告を受けるたびに、危機管理が不十分な彼女が心配でたまらなくなった。あまり笑顔を振りまかないでほしい。ストーカー被害を受けたらどうする。

次第にトラブル体質な清良の報告書を受けるたびに、心配でたまらなくなった。これはなんとしてでも自分の目が届く範囲にいてもらわないと不安になる。今はまだ些細な不運に見舞われているだけかもしれないが、いつかシャレにならないことが起こるかもしれないのだから。

自分の中に眠る執着からはじまった感情は、恋や愛と呼ぶには少し違う。だけど清良を知れば知るほど、彼女への気持ちが増すばかり。

清良の笑顔が見たいのに、余計なトラブルに巻き込まれないように自分のテリトリーに閉じ込めたくなってしまう。

誰にも邪魔をされない場所で、自分にだけ笑いかけてくれたらいいと思うのは、行きすぎた感情なのか。

「……俺の目が届かないところでも、俺と同じように無防備に男の部屋に泊まったらどうしてくれよう」

「モルディブ旅行の段階であれこれ仕組んでいた人がなにを言っているんでしょうかね」

清良が旅行を計画していた友人は、古河の従妹《いとこ》だ。

まったくの偶然だったが、世間の狭さに驚くと同時に、自分の運の良さに感謝した。

昔から誓は運がいいと思うことがあったが、清良絡みの運の良さはずば抜けていると思っている。

なにかしらの理由をつけて古河の従妹は旅行に不参加になるようなプランを立てていたが、彼女自身も予想外だった妊娠が発覚。結果的には誓の企《たくら》み通り清良はひとり旅行となった。

彼女も正当な理由で旅行をキャンセルできてホッとしたことだろう。

無関係な彼女を巻き込むのは申し訳ないと思っていたが、古河の口添えもあり、なんとか協力者となってくれた。トラブル気質の清良がひとりで旅行した場合、頼れる人がいなかったらどうすると問うと、それも心配だと納得がいったらしい。

ホテルをキャンセルしたのは思惑通りだが、清良のスーツケースが届かなかったのはさすがに誓にもコントロールできない。正真正銘の彼女が引き寄せたトラブルだった。

いくつか手を打ち、回りくどく清良と接触したのは誓の思惑通り。用心深い人間が開放的な気持ちになるなら、旅先が一番だ。

孤独な場所ほど人恋しさを感じ、日本人というだけで警戒心も薄れるだろう。

それに傍に居た方が守れることもある。実際何度か清良の危うい場面を助けたこともあった。

「俺がやったことも褒められたものじゃないけど、法は犯していない」

「その分別があったことはよかったですが、羽衣石さんのスマホに無断でＧＰＳのアプリをインストールして、カメラを抜き取ったのは犯罪行為では？」

「ＧＰＳはトラブル気質の清良を守るためと、彼女と偶然再会するためには必要だったし、カメラは預かっていただけだ。盗んだわけじゃない」

「ものは言いよう……」

古河は力なく溜息を吐いた。もうこれ以上言っても無意味だと悟ったのだろう。

「調査会社からの報告は届き次第お見せします」

「ああ、頼んだ」

古河が退室する。

誓は革のキーホルダーに視線を移した。

餌として作っただけの、なんの思い入れもないエンブレム。

薔薇と双頭の鷲は、清良にとっては恐怖の対象かもしれない。

「揺さぶりをかけるために君の目に入るところに置いていたなんて、我ながらひどい男だな」

確実に彼女の心が手に入ったら捨てればいい。

だがそれまでは……と、誓はそっとキーホルダーをデスクの引き出しにしまった。

◆　◆　◆

現代人にとってスマホがない生活は、あらゆることが不便だ。

電車に乗るにもスマホに入れていたＩＣカードのアプリが使えないとアナログに逆戻りだし、腕時計も必需品になる。

外に出かけると、緊急時に電話ができないかもしれない不安もあり、そわそわした気持ちで落ち着かない。

そんな私の心情を読んだように、誓は使用していないプライベート用のスマホを貸してくれた。

『普段は会社のスマホがあれば問題ないから、緊急用に持っていていいよ』と。

喉から手が出るほど誓のプライベートの番号を知りたい女性は大勢いるだろうに、あっさり私に貸してくれるなんて……危機管理がなっていないんじゃないかな？　と若干思ったことは黙っておいた。

それにしても、彼には借りばかりを作っている気がして、なんとも心苦しい。

たった数日一緒に住んでいるだけなのに、もうあの空気感にも慣れている。

彼が隣にいることが当たり前のように思うなんて、よろしくない傾向だ。二人でいることに慣れてしまえば、ひとり暮らしに戻ったときに寂しさを覚えてしまうかもしれない。

ひとりご飯も味気ないと思い始めたらどうしよう。人の温もりに慣れた後に離れることは、なかなか辛い気がする。

「寂しさか……」

ぽつりと呟《つぶや》いた声を耳ざとい同僚に拾われた。

「なんかあった？　寂しくてペットでも飼いたくなった？」

ランチにパスタを選んだから、先日誓と行ったイタリアンを思い出したのかもしれない。心の声が漏れていたようだ。

「いや、いつかは飼いたいけど、やっぱりしばらくは無理かなって。日中傍にいられないのにかわいそうだし、旅行にも行きにくいよね」

「あ〜だよね。ペットホテルを毎回使うのも出費が嵩《かさ》むし、ペット同伴で泊まれるホテルも限られてくるしね」

私が思い描いている人生プランは、三十五までにマンションを買って、老後に備えることだ。

そのうち小型犬か猫を飼って、世話をしながら毎日癒やされて暮らしていけたらいい。

そしてどこかのタイミングで会社を辞めて、仕事のために生きるような生活から、無理のない仕事をするような生活に切り替えられたらいいなと思っていたのだ。

漠然とした考えだけど、貯金をしつつひとりで生きていける方法を模索して、郊外に住んで自然が多いところでのんびりと……。

少し前なら最高のプランじゃんって思えていたのに、今はのんびり静かにひとりで過ごすことを想像すると、少しだけ寂しいかもしれないと思えてきた。

そんな風に私の考えが変わってきたのは、確実に誓のせいだ。アラサーに寂しさの概念を植え付けるなんて、ひどい大罪である。

おひとり様を満喫できなくなったらどうしてくれよう。

「ねえ、もしも彼氏との同棲を解消したらどう思う？」

ふと、目の前の同僚に予定外の質問を投げてしまった。

彼女は同棲して一年になる恋人がいる。結婚の話はまだ出ていないようだが、そろそろ出ていてもおかしくないだろう。

「えー、そうだな〜。解消の理由にもよるけど、相手との価値観や生活の不一致だったらやっぱりひとり暮らしの方が気楽！　って思うかもね」

それは確かに。

二人でいることでストレスになっていたら、離れた方がお互いのためになる。

「じゃあたとえば、一緒にいることにストレスはないけど、相手の転勤とかで別々に住まなくちゃいけなくなって同棲解消とかは」

「それはもちろん、寂しくなるんじゃない？　まあ最初のうちだけかもしれないけど」

「そうだよね、すぐにひとりでいることにも慣れるよね」

……なにを訊いているんだ、私は。

つい同僚に同意を求めたくなるなんて、考えすぎて弱っているのだろうか。

「え、そんなことを訊いてくるなんて、同棲したい彼氏でもできたの？」

「そんなまさか。私は独身主義ですから」

「またそんなこと言って〜。独身主義でもいいけど、頼れる男手はあった方が楽だよ？」

「そのときは何でも屋とかレンタルおじさんでどうにかするよ」

多分。使ったことはないけれど。

今時はいろんなサービスがあるのだ。信用のおけるサービスを探すまでが大変かもしれないけれど。

「私思うんだけどさ、レンタルお兄さんってないのかな」

同僚がきらりと目を光らせた。

お兄さんをレンタルできるサービスがあったらなにをお願いするつもりだ。

「さあ、お兄さんって言うとちょっといかがわしい商売に思われるからでは」

いや、知らんけど。探せばあるかもしれないが、私は遠慮しておく。

「なるほど。レンタルお姉さんって響きもちょっとエロいよね」

「昼間からなんて話題を……」

彼女の疑問は受け流すが、くだらない会話が心を軽くする。

未来は不確定だ。もしもの話なんて無意味だし、いつか寂しさを感じたらそのときに考えるだけ。

趣味や仕事に没頭して、なにかで紛らわせばいい。

今の私にできることは、きちんと引っ越し先を見つけることと、仕事を頑張って貯金することだ。

あと副業が許されているので、なにかしらの収益が見込める趣味を作りたいし投資も開始しよう。

「そろそろ真面目に将来設計を考えることにするわ」

「頭の痛い話だね……」

目の前にある問題をコツコツと解消していくしかない。

ランチセットのデザートケーキまで平らげて、午後の業務に勤《いそ》しむことにした。


翌日の土曜日は、ゴールデンウイークの最後の週末ということもあり、どこも混んでいた。

午前中になんとかスマホを新調し、その足で神社へ向かう。

ひとりで終わらせるつもりだったのに、隣には当然のように誓がついてきた。

「ちょっと待て、神社のお賽銭《さいせん》にいくら突っ込むつもりだ」

財布から五千円札を出した途端、誓が待ったをかけた。

「お賽銭をケチらない方が神様も私に目をかけてくれるかなと思って」

スマホは中古でも構わないし、なるべくお金をかけたくないけれど。こういう神頼みにはきちんとお金をかけようと思っている。

特に私の場合は、神のご加護がもっとほしい。

「そんなに出すんならきちんと厄落としをしたらいいだろう」

「残念ながら今日はもう午前中で終わってるみたい。次は夕方らしいから、また今度になるわね」

有名な神社ではあるけれど、今日はたまたまタイミングが悪かったのだろうと思いたい。というか、私は結構な頻度でタイミングが合わないんだけど、もう気にしないことにする。

「じゃあ俺も五千円にするか」

誓までもが財布からお札を取り出そうとするので思わず止めた。私と一緒にいたから散財させてしまうのはちょっと嫌だ。

「いや、誓は別にいいんじゃない？　なにも困ってないでしょ」

「いいや、困ってる。毎日困りごとだらけだ」

「え……仕事がトラブル続きとか、実は体調が優れないとか、ちょっと生え際が気になってるとかそういう？」

「俺の生え際は元気だ」

秒で反論された。ただのたとえ話だと言っても、髪の毛の話題は男性にはセンシティブなのだろう。気を付けよう。

「誰が見てもあなたの髪の毛は元気だから大丈夫だって。それで、困りごとというのは？」

「それはもちろん、君のことだろう。俺の口説きが足りないんじゃないかと思っている」

「……縁結びのお願いに五千円？」

その相手が見知らぬ女性ならぬこの私ってどうかしている。まじまじと誓の目を見つめた。

「いや、それ神様にもどうにもならないやつでは？　その相手が隣にいるなら、その五千円で私のご機嫌を取る方が建設的だと思うけど」

思わず余計なことを言ってしまった。

だって神様がかわいそうだよ。というかこの神社では縁結びの神を祀《まつ》っていない。

「言質は取ったからな。じゃあこの五千円で清良のご機嫌を取ることにする」

五千円札をしまい、千円札を取り出した。

千円でもお賽銭の金額としてはいい方だろう。

「清良から疫病神が離れますようにと願っておくか」

「待って、それを願ってくれるならさっきの五千円出して」

そんなことを話していたらようやく順番が回ってきた。

結局二人ともお賽銭箱に千円を投入することにして、私はたっぷり自分の平穏な未来を祈った。

波乱が多いとまではいかなくても、嫌がらせのような不運が多い人生だった。ここぞというときに起こるついてない出来事は私に諦め癖をつけてしまった。

けれど、これからはちゃんと自分自身と向き合って、私の幸せを考えていきたい。

そう思えるようないいことが舞い込んできますように……とお願いをして、その足でおみくじを引きに行く。

「おみくじなんて何年ぶりだろうな」

「え？　毎年初詣には行かないの？」

「初詣には行くが、おみくじは引かないな。なんか嫌なんだ、自分の一年が決まっているように思えてくるから」

自分で選んだ運勢なんだから運試しのようなものじゃないのかな。

「そうかな、いいところだけ読めばワクワクすると思うけど」

とはいえ、私も基本的に内容は覚えていない。

なにせ私が引くと、高確率で二つしか出てこないから。

おみくじの箱に百円を入れてから、くじを一枚引いた。誓と一緒にぺりっとめくる。

「大凶」

「大吉」

足して二で割れば小吉くらいにはならないかしら？

なんて思いつつも、さっきあれほど神頼みをしてきたのに、いつもと同じ大凶って……！

「神は……いない！」

「こらこら、神社で滅多なことを口にするものじゃない」

私のおみくじの結果がよほどツボなのか、誓が笑いを堪えている。

「笑いたければ笑えばいいじゃない……」

「いや、いろいろ感心しただけだ。まさか本当に大凶を引くなんて思ってもいなかったし、確率的には大凶は少ないんじゃないか？　逆にそれを引き当てるなんてレアだと思うぞ」

下手な慰めはよしてください。余計惨めだわ。

「その数少ないはずの確率を毎回引き当てる私は一体なんなのかしらね……」

しかもおみくじには、『身近なトラブルに注意』と書かれていた。

不吉すぎる預言だ。一体これ以上どんなトラブルに見舞われるというのだ。

「出かけるときの戸締りは私もやるけど、誓も気を付けてね。あの部屋に泥棒は入ってこないと思うけど」

私のマンションと違い、セキュリティは厳重だ。そもそも、別の階の住人が違う階に行くことも基本的にできないようになっている。その階の住人に招かれるのであれば別だが。

「新しいスマホを買ったし、いくつかパスワードをリセットしてハッキングとかされないように気を付けないと」

「それはやっておいた方がいいな」

身近なトラブルなんて考えだしたらキリがない。

でも私の場合は、考えられる限りの対策をしておいて損はない。人よりもトラブルを引き付けるならなおさら。

「おみくじは自分の心を引き締めるのにちょうどいいと思っているわ。緩みそうになるもの」

慣れた手つきで大凶のおみくじを枝にくくる。この作業を勝手に浄化作業って呼んでるけど、実際はよくわかっていない。

引っ越しの運勢に悪いことは書かれていなかったので、このまま物件探しを続けて問題なさそうだ。

ふと誓のスマホに着信が入った。仕事の電話だろうか。

少し会話をしてからすぐに電話を切った。

今日は土曜日だが、外せない用事が入ったようだ。

「すまない、急用が入った。これからオフィスに行くが、君はタクシーを拾って先に帰宅しててくれ」

「了解、大丈夫よ。私のことは気にしないで」

スペアキーを渡されているのでマンションには帰れる。まあ鍵を忘れても、コンシェルジュに頼めば開錠してくれるらしい。私の顔はすでに覚えてもらっているので……誓がなんて言って紹介したのかはわからないが。

「真っすぐ家に帰るんだぞ」と念押ししてくる誓をタクシーに乗せて、手を振った。そう言われるとこのまま帰宅するのはもったいない気がしてくる。

「帰宅するには早いし、買い物に行く気分でもないし……」

まだ時刻は午後二時を回った頃。

一瞬映画でもひとりで観に行こうかと思ったけど、ゴールデンウイークの最後の週末なんて絶対混んでいる。人ごみに揉《も》まれてまで行く気はしないし、隣の人と席が近いと落ち着かないのでやめておいた。

前回どうしても観たかった映画を観に行ったら、隣に座った方がずっと貧乏ゆすりをしていて席を替えたくなったのだ。思わず席ガチャって言葉が頭をよぎった。他にもいっぱい空いているのに、何故ここを選んだのだ……と。

「よし、駅前の不動産屋に行こう」

オススメ物件がないか確認に行くのもいいだろう。もしいい物件が見つかったら、この勢いで契約まで持っていけたら最高である。

「あれ、そういえば……」

ふと、不動産契約に必要な書類を思い出した。

「確か、源泉徴収票が必要じゃなかったっけ……？」

賃貸契約の際に源泉徴収票を見せた覚えがある。

きちんと収入があるかどうかのチェックで求められるのだが、さすがにそれは私の部屋に置きっぱなしだ。

印鑑や通帳などの貴重品は当然誓の部屋に移動するときに持ってきているが、源泉徴収票などの書類にまで頭が回らなかった。

会社に行けば、会社のパソコンからプリントできる。私は毎年一枚プリントして手元に持っているので、自宅にファイリングしているのは確実なのだが……。

「取りに行ってもいいか」

私の部屋の鍵は誓が預かっているが、多分鍵がなくても入れるだろう。マンションの最上階に住む八重沢さんに連絡すれば、鍵がなくても開けてくれる。

インドア派の彼なら、土日に出かけることはしないはずだ。以前立ち話でそんな話をしていたのを思い出す。わざわざ人が多い時間に外に出かけるより、平日に用事を済ませた方がいいとか。行ってみて、もし八重沢さんがいなかったら諦めればいい。

でも部屋の鍵を開けてもらえたら、その他に持ちだしたい荷物を考えておかないと。

タクシーで帰宅するようにと言われたけど、自室に戻って書類を取りに行くことくらいは問題ないはずだ。

幸い現在地から自宅のマンションまでたった数駅の距離だ。電車で移動しても十分以内で到着する。

思い立ったらすぐ行動。

誓には悪いけど、余計なことは言わないでおこう。彼が帰宅するよりも早く帰ればいい。

そんな軽い気持ちで、私はサクッと自宅に戻ることにした。

数日ぶりに見慣れたマンションに戻ってきた。

これまでも国内旅行などで家を空けることなんて多かったのに、今回はなんだか随分と久しぶりな気がする。

マンションのエントランスで八重沢さんの部屋番号を押す。インターホンの応答がなければ帰ろうと思っていたけど、案の定彼は家にいた。

『羽衣石さん？　どうされましたか』

「すみません、急に。あのちょっと鍵を忘れてしまいまして、できれば部屋を開けてもらえますか？いくつか荷物を取っておきたく」

『ええ、もちろんです。ではお部屋の前でお待ちください。すぐに行きますね』

オートロックを解除してくれた。そのままエレベーターに乗り込んだ。

八重沢さんのほんわりとした癒やし声は普段通りだ。

彼は美人で癒やし系なイケメンである。声も穏やかそうな雰囲気も、疲れたときにどことなく安心させてくれる。

絶対モテるだろうにまだ独身らしい。てっきりご結婚されていると思っていたのだが、恋人はいるんだろうか。

彼女がいたら自宅に連れ込むだろうけど、真面目な人だからマンションの住居者たちに見られるのは気まずいとも思っていそう。

勝手に大家のあれこれを妄想しつつ、通い慣れた自室の玄関に到着した。八重沢さんはすでに私を待っていてくれた。

「八重沢さん、突然すみません」

「いいえ、いつでも頼ってください。このくらいのことしかできないのが心苦しいくらいです」

すぐに玄関扉の鍵を開けてくれた。近況報告もしてくれる。

「昨日窓の修繕で業者が入りましたが、窓の確認と採寸で終わってしまったので実際の修繕は来週になるそうです。ご不便おかけしてすみません」

「そうだったんですね、承知しました。ご対応ありがとうございます」

部屋の中に入ると、床に散らばったガラスの破片は片付けられていた。窓ガラスはビニールシートと養生テープで応急処置がされている。

ほんの少しだけ精神的にショックを受けるかもしれないと覚悟していたけれど、特になにも感じなかった。

他人がプライベート空間に入ることには違和感があるし、正直気分がいいものではないが。業者が修繕で入っているだけだと割り切ってしまえばダメージはほとんどない。

でもひとりで来るべきではなかったかもしれない。今は平気でも、後で気分が悪くなる可能性もゼロではないから。

「十分ほどで終わると思いますので、どうしましょう。終わったら声をかけた方がいいですか？」

私としては、玄関扉の施錠はいつでも構わない。八重沢さんの都合のいいときで。

もう誰が部屋に入ろうとも私物はほとんど処分することになるし、盗まれて困るような貴重品も存在しない。

「それでは部屋の前でお待ちしてますよ」

待たせるのは気が引ける。だからといって、彼にソファに座るよう勧めるのも迷惑かもしれない。

「えっと、よければソファに座りますか？　でも気持ち悪いですよね、下着泥棒が入った部屋のソファなんて」

「いいえ、そんな。気持ち悪いなんてとんでもない。羽衣石さんの部屋はなんだかいい匂いがします」

……それは社交辞令として考えて問題ないやつ？

本当にいい匂いがすると思われていたら、いささか微妙だけど。私は曖昧に笑っておくことにした。

「すみません、お茶とかお出しできないですが」

「そんなことお気になさらず。僕こそ図々《ずうずう》しく上がってしまって……ところで、他になにか困ったことはないですか？　僕にできることがあればなんでも遠慮なく頼ってくださいね」

そんなことを言ってもらえるとは思っておらず、不覚にもじーんと来てしまった。

今までなにかと声をかけてもらうこともあったけど、本当にいい人だなぁ……。旅行のお土産を渡したらすごく喜んでくれたし、お礼のお菓子をいただくこともあったっけ。

正直今まで東京での人付き合いはもっとドライだと思っていたけど、これも一種の友人関係というやつかもしれない。気にかけてもらえることがありがたい。

「ありがとうございます。八重沢さんにはいつも甘えてしまって……十分頼らせてもらってますよ」

「そうですか？　でも僕はもっと甘えてもらいたいと思ってるんですけどね」

いや、さすがに分別はつけないと。

気兼ねない友人関係ならもう少し甘えられるけども、彼は大家さんなので。

「それで、今はどちらに滞在されているのですか？」

「ああ、えっと……知人の家にお邪魔してまして」

私と誓の関係性を表す言葉が思いつかなかった。

世の男女は、一度寝た相手でも知人と言うのだろうか……付き合ってはいないから恋人ではないけど、でも友人とも少し違う。

肌を重ねてしまった相手をただのワンナイトで語れるほど単純ではないし、彼の立ち位置的には恩人に近い。

「そうですか、知人の家に……」

源泉徴収票をしまっているファイルを捜していると、すぐ真後ろで人が動く気配がした。

「ただの知人の家ならどうして……僕をもっと頼ってくれないんでしょうか」

「え？」

振り返ると、私のすぐ後ろに八重沢さんが立っていた。

そのあまりの近さに思わず身体の重心が傾きそうになる。

「八重沢さん？」

どことなく様子がおかしい。

ざわり、と肌が震えてきた。

なんだか急に空気が重い。酸素が薄くなってきたような、ねっとりした空気を感じる。彼の目が虚《うつ》ろに感じるのは光の加減だと思いたい。

「僕は……羽衣石さんのために部屋だって作って、いつだって綺麗に整えているんですよ。好きなお菓子とお酒も揃えてますし、同じ柄のクッションだって用意したのに……」

「同じ柄のクッション？」

ふとソファに置いているクッションに視線が吸い寄せられた。

このクッションカバーは北欧ブームで一年以上前に買ったものだ。今でも売られているかはわからないが、似たような柄は探せばあるかもしれない。

八重沢さんは中性的な顔立ちで、精悍《せいかん》というよりは儚《はかな》げな美人という表現がぴったりくるのに、今の彼には常にない不穏な気配を感じた。

柔らかい笑顔が印象的なイケメンで、マンションの住人にもファンが多いのに。聞き逃せない発言が耳に残る。

……部屋を作ったって、なにを言ってるんだろう。

混乱したまま返事ができずにいると、八重沢さんが一歩距離を詰めてきた。

「この部屋の窓ガラスを修繕したら、すぐにでも戻ってきてくれますか？」

迷子の幼子のような眼差しの奥は不安で揺れている。だが光を感じさせない瞳が、私の身体を硬直させた。

――これはちょっとマズイことになった。

直感でヤバいことと悟ってしまった。

意識的に乾いた口内を唾液で潤わせて、刺激しない言葉を選ぶ。ここは穏便に逃げ切らないと、私がどうにかなってしまうかもしれない。

「……本当に、予定外もいいところだ。こんなはずじゃなかったのに」

彼の声はいつもより数段低い。

紡がれた台詞は不穏に満ちていた。

「どうしてですか。あなたが一番頼りにしている男は僕じゃないんですか。これまでだってあなたが困ったときはすぐに駆けつけてましたし、旅先のお土産だって渡すほど親しいはずだ。ただの知人よりは僕の方があなたを知っているのに、どうして知人なんかに頼るんだ」

最後の方はまるで独り言のように呟いていた。

先ほどから悪寒が止まらない。

うっすらと生まれた疑惑が確信に近づきつつある。

「あの、先ほどからなにを仰っているんですか。八重沢さんは、マンションの住居者を傷つけるようなことはしませんよね？」

私個人ではなく、マンションの住民として見ているだけだと思いたい。

その想いを込めてみたけれど、八重沢さんは困ったように眉を下げる。口元は微笑んでいた。

「羽衣石さんは人が恋に落ちる瞬間を考えたことはありますか」

突拍子のない質問をされて首を左右に振った。

早くこの場から去りたいのに、玄関に行くにはこの人の後ろを通らないといけない。

さりげなく一歩後退し、彼との距離を取った。

書類なんて取りに来なければよかった。

「僕は演出家になってみようと思いました。舞台は劇場でもドラマの撮影現場でもない、この日常で。意中の人の心を欲したとき、それを確実に手に入れる方法はなんだろうって考えたんです」

……嫌だ、聞きたくない。

彼がなにを言いだすのか、容易に想像がついてしまった。先ほどから手に冷たい汗をかいている。

心臓がバクバクと騒ぎだした。

「日常的に心を通わせた穏やかな愛は理想ですが、それは元々二人の距離が近ければの話だ。他人行儀に距離があいている関係であれば、まずはその距離を詰めるところから……そして相手に頼られて、一番の理解者であり安心感を与えられれば、心の距離は縮まっていくと思いませんか」

「なにを言って……」

八重沢さんがまた一歩距離を詰めてきた。

今にも私に手が届きそうな近さで、彼は私に変わらぬ微笑を向けてくる。

何故こんな会話をしているときにも微笑むことができるのか。私が今まで見てきた八重沢瑞希という人物は、一体誰だったのか。

冷たい汗が背筋を伝う。下手に刺激をしたら、どんな行動に出られるかわからない。

「あなたを傷つけたいわけではなかった。でも傷ついたあなたの心を僕が癒やしてあげたかった。だから、もうわかりますよね？」

部屋にいられなくして、困っている私を親切心で自分の部屋に連れ込みたかった。そう言っているのだと理解し、吐き気を催しそうになる。

クッションを用意したというのは、私の私物を覚えていたってこと？

きっと彼は、私がストレスを感じないように私好みのインテリアに似せたとでも言うのだろうけど、私が彼を部屋に招いたことはない。ただ数回、部屋の設備点検で業者とともに上がったことがあっただけ。

たった数分だけで、私の部屋がどんなインテリアか覚えていたというの？　本当に？

頭がグラグラしてくる。きっと顔色は蒼白《そうはく》だろう。

カラカラになった喉になんとか唾を流し込み、意識的に冷静な声を作り出した。

「……それで私が不在中に部屋に忍び込んで、窓ガラスを割って、外部の犯行だと見せかけたんですか。下着を盗んだのもあなたが？」

「その通りです。困ったことが起こったら、羽衣石さんは真っ先に僕を頼ってくれるでしょう？」

眩暈《めまい》がしそうだ。

確かに今まではそうだったかもしれない。

困ったことと言っても、プライベートの問題ではなくごく一般的なマンションの住居者として不便に感じたことを相談するくらいで、大家とのボーダーラインは引かれていたはず。

勝手に不法侵入をするのはれっきとした犯罪行為だ。

今までは密かに世間話ができるのを楽しみにしていたのに……私の運のなさが本当最悪すぎる。

「女性が一番嫌悪するのは下着かと思ったんです。僕は金目のものには興味がないですし、そこまで追い詰めたいわけじゃない。精神的にダメージは受けるけど、不幸中の幸いでおさまる程度にしたかったので」

不幸中の幸い……それは私がたびたび遭遇してきたことだ。

不運が重なっても最悪にまでは至らない。心にダメージを負っても、命の危機に晒されるような不運に襲われたことはないし、この程度で済んでよかったと笑い話になる程度。

けれど誰かの策略で巻き込まれたのははじめてだ。まったくこの程度でよかったなんて笑い話にはならない。

「……ご自分がなにを言っているのか、理解されてますか」

「ええ、もちろん。僕があなたを好きで、ずっと恋焦がれていて、あなたを傍に置くためにはどうしたらいいのかと考えた結果です」

そうきっぱり告げてきた八重沢には微塵《みじん》も罪悪感がなかった。この状況で微笑んでいられることが異様でしかない。

考えた結果、罪を犯すことも厭《いと》わないのか。

倫理観が崩壊している。

もしもあの夜、誓が隣にいなかったらどうなっていただろう。

彼の策略を親切心だと捉えて、一晩お邪魔になっていたかもしれない。その後を想像するだけで、足が竦《すく》みそうになるほどの恐怖に襲われた。

今すぐにでもここから逃げたい――。

けれどそうするよりも早く、パシッと手首が握られた。

まるで手枷《てかせ》のように、八重沢が私の動きを拘束する。

「この間あなたと一緒にいた男……須王誓とはどういった関係ですか？」

口元は変わらぬ笑みを貼り付けながら、目の奥がどろりと濁っている。

私にも答えが出ていない質問をされて、喉の奥がひくりと引きつった。

第六章

急な仕事の呼び出しに応じ、一段落ついた頃。誓はスマホの位置情報アプリを起動させた。

清良が持つ誓の予備のスマホにも、位置情報がわかるアプリをインストールしている。先ほど新しいスマホを購入したが、予備のスマホはまだ彼女が持っていた。

――さて、言いつけ通りちゃんと帰宅しているかな。

清良は身近なトラブルを引き寄せる体質だ。そんな彼女には自衛のためのジンクスがいくつもあるらしい。

正直、清良からは片時も目を離したくないが、四六時中見張るわけにも部屋に閉じ込めておくわけにもいかない。

理想は清良が誓の部屋に自主的に軟禁されてくれることだが、さすがにそれは望みすぎだろう。自立心が旺盛な彼女にいくら部屋で快適に過ごせるグッズを与えたところで、それをよしとはしないはずだ。

外に出ればどんな災難に遭遇するのか、考えれば考えるほど心配になってくる。彼女のこの性質は、もはや生まれ持った星のようなものなのだろうか。占いにはとんと詳しくないため、信じたくはないが。

「……この場所は俺の部屋じゃないな」

GPSを確認すると、清良は誓のマンションに帰っていなかった。

ちゃんと真っすぐタクシーで帰るようにと約束したのに、早速破るとは……じゃじゃ馬娘を相手にしている気分になってくるが、そういえば別に約束をさせたわけではなかったかもしれない。

誓は小さく嘆息する。

約束を破ったお仕置きでとことん清良に付け込み、甘い時間を強制的に味わわせる方向には持っていけなさそうだ。

お仕置き以外の方向から攻めるか、と今夜の二人の時間にほくそ笑む。が、地図が示す清良の位置を把握すると、顔から表情が抜け落ちた。

――何故あのマンションに戻っている?

清良は自分の部屋の鍵を持っていない。帰宅したとしても部屋には上がれないはずだ。

しかし、もし大家の八重沢を頼ったのであれば話は別だ。

何らかの理由で部屋に戻ろうと思い、以前から交流があった八重沢に頼んで部屋を開けてもらった。

その可能性に思い至り、誓は臍《ほぞ》をかんだ。鍵を取り上げるだけじゃ清良の行動を制限できなかったようだ。

「古河、今すぐうちが使ってる警備会社に連絡を。数人腕が立つボディーガードを清良のマンションに向かわせてくれ」

「かしこまりました。誓様はどうなさるおつもりです？」

「俺も今すぐ向かう。なにかあればすぐに連絡しろ」

「一応あなた様は守られる側の人間ですので、無茶はしないでくださいね？　単独で乗り込むようなことは容認できませんよ」

古河の言っていることは理解できる。もしも清良が危険な目に遭っていたら、すぐに警察に連絡をするべきだろう。

だがじっと彼女が帰ってくるのを待つのは無理だ。胸のあたりがざわついている。

「清良が八重沢瑞希と一緒にいる可能性が高い。もしも人畜無害な仮面を脱いでいたら彼女が危ない」

古河はすぐに警備会社に連絡し、調査対象であった八重沢が清良と接触している可能性が高いことを告げた。そして誓の命令通り、腕が立つ者を数名派遣させる。

何事もなければいい。だがなにかが起こってからでは遅い。

「すぐに向かうそうです。マンション付近で張り込むので、誓様は羽衣石さんの鍵をどなたかにお渡しください」

「嫌だ」

清良の鍵を渡して、自分は安全な場所でのうのうと待つなどできるわけがない。

「困りますよ、先に様子を窺ってから誓様へ連絡させますから」

古河がこめかみを揉んでいる。彼にしたら、誓みたいな主は頭痛の種だろう。

「先導は譲ってやるが、俺だけ待機は断固拒否だ。一緒に付いて行くに決まっている」

幸い誓も護身術を一通り習っている。

ずぶの素人よりは武術に心得があるため、万が一襲われたとしても致命的な怪我は負わないだろう。……相手が武器を所持していない限り。

「……わかりました。くれぐれも無茶をしないように」

――あの男もやはり前世の関係者か？

先ほど受け取った八重沢瑞希に関する報告書を思い返す。急ぎの案件として呼び出されたのは、八重沢についての報告書が上がったからだった。

一刻でも早く不安の種は摘んでおきたい。その想いから清良と別れてオフィスに来たというのに、これなら彼女と一緒にいた方がよかったではないか。

清良のマンションに到着すると、すでに古河が依頼した警備会社の人間が三名待機していた。

近くのコインパーキングに車を停めて、急いで彼らに近づく。

「須王様ですね」

声をかけてきた男は貴島《きじま》と名乗った。年は三十後半から四十前半頃だろう。見るからに屈強な肉体の持ち主というわけではなく、小柄で機敏に動きそうというのが彼の第一印象だった。

「ああ、そうだ。彼女はまだマンションの中にいる」

貴島に清良の鍵を渡し、彼を先導に晢も後を追った。足音を立てないよう気を付けながら階段で四階まで上がる。

その間貴島が連れて来た部下二名は、マンションのエントランス前と裏口付近で待機することになった。

目的の部屋に到着する。扉に鍵はかかっていなかった。

「施錠されていませんね。物音がない限りは突入しない方がいいかと」

貴島がそっとドアノブから手を放す。

その言葉に頷きつつも、状況が把握できない限りは動きようがない。

「私のスマホに電話をかけられるか。通話をONにしたまま中に入る」

危険だと判断したら乗り込めるようにしてほしい。

そう告げると、貴島はしばし逡巡《しゅんじゅん》し頷いた。

通話のままジャケットの裏ポケットにスマホを忍ばせた。多少音は拾いにくいだろうが、きちんと聞こえるだろう。

音を立てないように玄関扉を開けて、中へ忍び込んだ。

清良の1Kは一般的な造りだ。玄関前から寝室に続く廊下にキッチンがあり、水回りもキッチン付近に集中している。

寝室に繋がる扉が閉まっているのは確認済みだ。ここが開いていたら、こうして侵入するのを躊躇っただろう。

誓は大胆にも扉の前まで忍び寄った。

中の様子は見えないが、ここまで近づけば声が拾える。

『……それで私が不在中に部屋に忍び込んで、窓ガラスを割って、外部の犯行だと見せかけたんですか。下着を盗んだのもあなたが？』

『その通りです。困ったことが起こったら、羽衣石さんは真っ先に僕を頼ってくれるでしょう？』

思わず顔を顰《しか》めた。

八重沢が忍び込んだ可能性も高いとは思っていたが、まさか本当に大家の権限を使って住居者の部屋に侵入していたとは……。

苛立《いらだ》ちとともにふつふつとした殺意が芽生えそうになる。

——真っ先にあの男を頼ると思われていたとか、吐き気がするな。

もしもあの夜清良がひとりで帰宅していたら。彼女は自分ではなく、八重沢に助けを求めていたのか。

あの男の口車に乗せられて、自室に連れ込まれていたかもしれないと思うと、怒りとともに恐怖を感じた。

足元がグラッと揺れたようなふらつきを覚え、思わず壁に手をついた。

背中に嫌な汗が伝う。こんな不安を感じたのは生まれてはじめてかもしれない。

――落ち着け、彼女は無事だ。

今はまだ、普通に会話をしている。

緊迫した状況ではなさそうだ。少なくとも命の危機に瀕しているわけではない。

『ご自分がなにを言っているのか、理解されてますか』

清良が冷静に問いかけた。

平常心を装っているようだが、誓には彼女の声が震えているように聞こえた。

『ええ、もちろん。僕があなたを好きで、ずっと恋焦がれていて、あなたを傍に置くためにはどうしたらいいのかと考えた結果です』

独りよがりで身勝手な発言に吐き気がする。

今すぐ駆け寄って抱きしめたいのをグッと堪えた。これまでの彼女なら、こんな状況にひたすら耐えるしかなかっただろう。

だがこれからは彼女に寄り添い、不安な心を守りたい。それは罪を犯しても飄々《ひょうひょう》としている男ではない。

――これ以上あの男の発言を聞かなくていいように、清良の耳を塞いでしまいたい。視線も遮りたい。彼女の視界に映るのは自分ひとりでいい。

清良が真っすぐ見つめてくれるだけで誓の心が震えていることを、彼女は夢にも思わないだろう。これまで誰かに執着することなんて一度もなかったのに、誓は自分でも笑ってしまいそうになるほど清良に溺れている。

過去の自分が清良を欲しているわけではない。

きっかけは前世だったとしても、誓がこの手で守りたいのは気丈に振る舞う清良であり、ヴィオレリアではない。

『この間あなたと一緒にいた男……須王誓とはどういった関係ですか？』

八重沢が痺れを切らしたように問いかけた。

誓も思わず気配を消してじっと返答を待つ。

一体彼女にとって自分はどういった存在なのだろう。恋人だと答えてくれたらうれしいが、変なところで生真面目な彼女のことだ。

付き合ってほしいと言われていないし、了承していないから恋人ではないと思っていても不思議ではない。

――いや、確実にそう思っているだろうな。

誓が真面目に告白なんてしたら逃げそうだから、彼女の警戒心が解けるまでは本気で告白をするつもりはなかっただけだ。

でも軽い言葉を真剣に受け止めるほど、清良は容易ではない。

少しずつ警戒心を解いて、誓と過ごすうちに気持ちを芽生えさせていければよかったが、すぐに「身体から落とせばいいいな？」と悪魔の囁きに頷いてしまった。

傷心の女性に隙あらば手を出そうとするなんて、とんだクズだと思われてもおかしくないが、まだきちんと抱いたのは一度だけだ。

清良は八重沢の問いを受けてたっぷり考えていたのだろう。

ようやくひねり出された答えは、『セフレ？』だった。

――なんでセフレなんだ！

そう呼べるほど抱いていないし、そう思っていたなら遠慮なく最後まで抱いてしまえばよかった。

日本ではキスと愛撫までしかしていないのに、セフレだなんて頭痛がしそうだ。

今すぐ扉を開けて突撃しようとした瞬間、室内から悲愴《ひそう》感が漂う声がする。

『そんな……幻滅だよ。僕の清良たんはそんな汚らわしい単語を口にしない！』

『……は？　清良たん？』

清良の台詞を聞くと同時に、誓は扉を開けて乗り込んだ。

誓に背中を向ける八重沢を清良から剝《は》がし、呆然《ぼうぜん》としている彼女をグイッと抱き寄せる。八重沢は反動で床に倒れこんだが、怪我はしていないだろう。

八重沢が倒れた音を聞いて貴島も突入してきた。彼にまで今の台詞が聞こえていたかと思うと微妙な気持ちがこみ上げてくるが、そんなことよりも清良の無事を確認するのが先だ。

「大丈夫か」

「え……誓？　なんでここに？」

きょとんとした顔が可愛い。

清良の目が丸く見開かれている。

自分だけがその目に映っていることに気分が上昇してくるが、この可愛い顔でセフレと言ったのだと思うと、気持ちが一瞬で凪《な》いだ。ほっぺをムニッと引っ張りたくなった。

「ひどいな……俺のことは遊びだったのか？」

笑顔でわざと清良を煽る。

「ちょ……っ！　人聞き悪い！」

「俺は君のことをセフレだなんて思ったことはなかったけど。君が迷っているようだから身体から落としてグズグズに愛されて、俺から離れられなくなってしまえばいいとは思ったが」

「シンプルに怖い」

誓からも離れようとするので、それは阻止した。

八重沢の方がマシだとでも思われたら立ち直れそうにない。

だが清良の手が誓のジャケットの裾を握っていた。そのいじらしい行動に、自分の胸の奥にたとえようのない気持ちがこみ上げてくる。

「大丈夫だ」

そう囁くと、平常心を装っていた彼女の眉がふにゃっと下がった。

◆　◆　◆

――何故ここに誓がいるんだろう。

私が自宅のマンションに戻っていることは伝えていないのに……そう疑問に思うのに、来てほしいときに彼がいる。心に安堵感《あんどかん》が広がった。

常軌を逸した発言をする男と二人きりなのは怖すぎる。今までは身近に頼れる男性なんていなかったけど、こうして助けに来てくれるだけで足から力が抜けそうになった。

「大丈夫だ」と言われるだけで、本当に大丈夫だと思えてくるから不思議だ。彼からはなにか癒し効果のあるフェロモンでも出ているのだろうか。

スン、と誓の香りを嗅ぐ。

抱きしめられている力強さと相まって、ガチガチに固まっていた心が溶かされていく。

セフレと言われて怒るなら、私とのことは本気だと考えていいのだろうか。

気まぐれで傍に置いているわけでも、手を出しているわけでもない。彼のマンションに居候してからは最後まで手を出されてはいないけど。

こうして助けに来てくれるということはつまり、誓は本気で私が……好き？

思わず誓の目をまじまじと見つめてしまう。

告白に似た台詞は聞いたことがあったけど、冗談めいたものばかりだった。

真剣な声で、私との交際を希望したことはない。だからこそ、私も気が楽だった。

同棲ではなくて居候だと言えたし、恋人のように甘やかしてほしいなんて思わなかった。

でも、この人の気持ちが本気なのだと思うと、じわじわと顔に熱が集まりだす。

「え、清良？　大丈夫か、顔が赤い」

そっと額に手を置かれた。

皮脂でべたついているかもしれないと思うと、余計な羞恥心もこみ上げてきてさらに顔が赤くなりそう……。

「だ、大丈夫……お気になさらず」

「清良たんを離せ……！」

八重沢が起き上がり、誓に飛び掛かろうとする。だが新たに現れた男性が、あっさり八重沢の背後を取り、床に膝をつかせた。

彼はそのまま八重沢の背中に膝を押し付けて腕をひねりあげる。

「グアァ……ッ！」

「先ほど待機させていた仲間に警察を呼ぶよう指示を出しました」

「そうか。ありがとう、貴島さん」

見知らぬ男性は貴島さんというらしい。

私が目をぱちくりさせていると、誓に「民間のボディーガード」と囁かれた。

そう言われると玄人な動きをなさっていた。隙のなさは一般人には思えない……。

両腕をひねりあげられた体勢のまま、八重沢は私に語り掛ける。

「どうして僕を拒む……！　君は僕の運命の相手でしょう⁉」

「……っ」

「どうしますか、発言を許しますか」

貴島さんが私に問いかけた。

ここで首を左右に振ったら、きっと無理やり意識を落とすのだろう。

でも、私には彼がどうしてこんな行動を起こしたのかを知る権利がある。

犯罪行為と不可解な口調は、私が知らない一面だ。

一体いつからこの男に清良たんと呼ばれていて、何故こんな愚行をしてしまったのか。気持ち悪いと思いつつ、聞かないままなのは後悔する。

「はい、私は理由が知りたいです」

納得したように貴島さんが拘束を緩めた。でも一般人がプロから逃げ切れるような緩め方ではない。片腕は貴島さんが摑んでいるままだ。

「……私が、運命の相手なんてどうして思ったんですか。私は誰にもそんな気持ちを抱いたことはありませんが」

「そんなの、君と出会った瞬間に、雷に打たれた気持ちになったからだ」

……はい？

あまりに抽象的で、幼稚な発言に耳を疑った。

そんなことを言う人には思えなかったのに、私は今までなにを見てきたんだろう。人を見る目がなさすぎて落ち込みそうだ。

「そうだ、僕は一目で恋に落ちた。昔からずっと誰かに恋焦がれている気持ちがあったのは、君と出会うためだったってようやく理解したんだ！　清良たんを見ていると胸が締め付けられるんだ。今度は僕だけを見つめて僕にだけ微笑んで、そして僕を愛しながら死んでほしいって」

「黙れ、下種が」

耐えきれないというように、誓が暴言を吐いた。私の両耳を押さえて、これ以上この男の言葉を聞かないようにしてくれる。

正直、まったく理解できないけれど。いくつか気になる点があった。

「今度はって、なに？」

誓の手もピクリと反応した。

僅かに力が緩められたのを感じ、そっと手で片耳を外させる。

「それと、昔からずっとってどういう意味？　あなたは私を通して、誰を見ているの」

もしかして……この人も私の前世の関係者なのだろうか。

私はなにも感じなかったが。もしも前世で関わりがあれば、本能的に何らかの直感が働いていてもおかしくないと思う。

でも、それを言えば誓と出会ってもなにも運命的なものを感じなかったし……彼が持つキーホルダーを見て、もしかして？　と疑念を抱いたわけで。

私は案外鈍いのかもしれない……。

女の勘も野生の勘もフリーズしていそうだと思っていると、うつ伏せで床に押しつけられたまま、八重沢が私にギラリとした目を向けた。

「誰を見てるって？　そんなの、清良たんしかいないじゃないか！　僕は君しか見ていない。君と出会って一目で君は僕のものだって、強く思った。そんな感覚になったのははじめてだった！」

こ、こわ……い。

心の声はかろうじて口からは出なかったけれど、誓は露骨に嫌な顔をしていた。私もドン引きである。

もしも誰かに出会った瞬間に、その相手が自分の運命の人だと強く惹かれたのなら。それは本当に真っ当な感情なのだろうか。

ただ私と過去に因縁があったから、なにか勘が働いただけかもしれない。それが必ずしもいい感情とは限らないのが恐ろしい。

「愛して、愛しているんだ……！　運命なんだから、君も僕を愛してくれているでしょう？　いつも笑顔で挨拶してくれたじゃないか」

「それは……ただの挨拶で」

笑顔で挨拶をしたら、相手に特別な好意があるのだと誤解されるの？

そんな常識は聞いたことがない。

でも、その感覚は遠い昔は慣れていたものだった。

異性に勘違いされることも、勘違いさせるように笑顔を振りまいていたのも。前世の私は、意図的にやっていたことだったから。

けれどやりたくてやっていたわけじゃなかったことも、唐突に思い出した。

……そうだ、私は罪深いことをしていた。

人の心を弄《もてあそ》んで、けれど自分ではどうしようもなくて。

人形のように笑い、自尊心を高く保つことでしかプライドを保てなかっただけ。

いや、プライドがあったのかもわからない。年端も行かない少女は、親の命令に抗《あらが》う術なんて持っていなかった。

「いい、清良。もうこれ以上話すことはない」

誓が私の目を手で隠す。

片腕で私の腹部を抱きしめたまま、もう片手で視界を遮られると、なんだか無性に彼に守られている気がした。

守られる感覚なんて久しく感じたことはない。優しい拘束が私のためのものだと思うと、お腹の底から温かいもので満たされていく。

この温もりを自分から手放したくなくて、私は視界を遮る誓の手をそっとずらし、そのまま手を握った。

その手の大きさと力強さが勇気をくれる。自分の理解の範疇《はんちゅう》を超えた男と対峙《たいじ》しても、逃げ出さないでいられるのは彼のおかげだ。

「八重沢さん、あなたはなにか勘違いをしています」

「勘違い？」

彼の目はどろりと濁っている。なにかに盲目的に執着し、周囲が見えていない。でもその感情は、彼の心が動かしているわけではない。

「運命とは、双方が同等の感情を抱いたときに使われる言葉だと思います。どちらかが運命を感じただけでは、一方的な恋慕でしかないんです。私はあなたに運命を感じたことはありません」

「嘘だ、君はいつも僕に微笑みかけてくれたじゃないか」

「それは友好的な感情を見せることで円滑に物事を進めるための社交的なスキルです」

彼の笑顔に癒やされていたのは事実だけど、ここで言うつもりはない。

店員さんがお客さんに微笑む接客と一緒だと思ってもらいたい。

誰もが恋愛に結びつけていたら、笑顔なんて簡単に見せられなくなる。なんともギスギスした社会だ。

「接客と一緒だと？　違う、そんなはずはない。僕は今度こそ、君に僕だけを見てほしかったんだ」

八重沢が額を床に打ち付けだした。

自傷行為のような行動は見ていられない。苦い気持ちがこみ上げてくる。

貴島さんが一言「やめろ」と脅し、八重沢の腕の拘束を強めた。背中に乗せた膝に体重をかけて、彼の動きを制限する。

目の前で人が苦しむのを見ているのはいい気分ではない。

誓の背中に隠れたくなる衝動を堪えて、先ほどの八重沢の発言を指摘する。

「今度こそというのは？　私があなたに出会ったのは、このマンションに越してからですよ」

「え……」

自分でもなにを言っているのだと思ったのだろう。八重沢の顔に困惑が浮かんだ。

「あ……なんで？　どういう……」

それを見て、私はやっぱり、と悟った。

認めたくないけれど、彼は過去の私と関わりのあった関係者だ。

でも恐らく前世の記憶は蘇っていない。ただ潜在的に強い感情だけが残っていて、なにかのきっかけで表に出てしまっているだけだと推測する。

それはきっと八重沢にも不可解な衝動で、論理的に説明ができるものではないはずだ。ただ引力のように惹かれてしまったのだろう。

そんなの魂に刻まれた呪いのようではないか。

私と出会わなければ、彼はきっとこんな犯罪行為をする人ではなかったはずだ。潜在的な欲求は持っていたとしても、それを表に出すことなく理性的に抑えられたはず。

人の人生を歪めてしまったことに言いようのない気持ちがこみ上げてくる。

私のせいで、とは思わないけれど。彼だけが加害者だとも思えそうにない。

「……吐きそう」

「大丈夫か？　休めるところに行った方がいい」

誓が私の背中をさすってくれる。

その優しさに甘えたくなるけれど、私の責任でもあるから逃げ出したくはない。

一言「ありがとう、大丈夫」と告げる。この気分の悪さは、自己嫌悪からくるものでもあるから、場所を移動しても落ち着くとは限らない。

本当に、前世の記憶なんて呪いでしかないのだ。

余計な記憶のせいで今世の自分をも戒めてしまう。自由に生きることが難しい。

「……警察が来たようです。あまり騒ぎにはしたくないでしょう、静かに連行されてください」

貴島さんが八重沢を立ち上がらせた。外にいる彼の仲間が報《しら》せてくれたのだろう。

刑事事件にはしないでほしいなんて、さすがに言えるわけがない。彼は大家という立場でありながら、空き巣行為を働いて不法侵入まで犯していたのだ。

私以外の人も被害に遭っていたとは思いたくないけれど、一度犯罪の境界線を越えてしまうと次も過ちを繰り返しやすくなる。犯罪へのハードルが下がるのは、一度も二度も同じだという心理が働くから。

これから警察で余罪がないか徹底的に調べてもらうことになるだろう。

「清良たん……君は、本当に僕の運命の人ではないの？」

貴島さんに両手首を摑まれたまま、縋るように問いかけられた。

「こんなに愛しているのに。君と目が合うだけで湧き上がる高揚感は、僕の気のせいなのか？」

過去に囚われているからそう錯覚しているだけと言えたらどんなに気が楽になるだろう。彼も謎の衝動を理解するかもしれない。でも、同時に私は恨まれる。

それに憶測で余計なことは言えない。

私を庇《かば》おうとする誓を制して、八重沢と視線を合わせた。

「違います。あなたの運命の人は、私ではありません」

再度否定すると、彼は項垂《うなだ》れたように黙り込んだ。

特に騒ぎだすこともなく、そのまま静かに警察に引き渡された。

パトカーへ連行される直前に、誓がスッと八重沢に近づく。

なにかを囁いているが、私には聞き取れない。

「今日の事情聴取は私の方で引き受けます。お二人はお疲れでしょうから、今日のところはお休みください」

どうやら貴島さんは職業柄、警察の事情聴取にも慣れているのだとか。

知り合いの刑事さんもいるそうなので、彼ひとりで問題ないと言われるとその申し出をありがたく受けることにした。

正直私も混乱しているし、取り調べで余計なことを言いたくない。ついポロッと、前世で関わりがあった人なんて言ってしまえば、頭大丈夫かと思われそう……。

この日は貴島さんだけが署に同行し、私たちからも事情聴取が必要であれば後日に対応することになった。

「……あ、管理会社に連絡して部屋の解約もしなきゃ」

「それは俺が対応するから安心していい」

誓が私の手をギュッと握った。

優しい声に縋りたくなるが、甘えてもいいのだろうか。

都合がいいときだけ甘えるのはあまりに自分勝手ではないか。そう思ってしまうと、素直に彼の申し出を受けられなくなってきた。

「でも、こういうのって本人が連絡しないとダメなんじゃ？」

「じゃあ俺たちの関係性を訊かれたら婚約者と名乗ってもいいか？」

「……っ」

それは……性急過ぎでは？

第一付き合ってもいないのに。

ぽわぽわと顔が赤くなりそうになる。こんなの、顔を見たらダメだと言っても説得力がなくなってしまう。

私は苦し紛れに誓からそっと視線を外した。

「こ、恋人なら……」

「へえ、セフレから恋人に昇格してくれたのか」

「っ！」

顔を見なくてもわかる。誓の表情は意地悪そうににやけているはずだ。

「というか、セフレと言えるほどまだちゃんと君を抱いていないんだけど」

……それは私もちょっと思っていた。

でもわざわざ蒸し返さなくてもいいんじゃないかな？

「だって、一晩の過ちと言うには関わりすぎているし、友人ともちょっと違うし、適切な言葉が思い浮かばなかったもの」

「それでセフレね。まあ、恋人に昇格してくれたのなら許してあげる」

「え……」

誓がにっこりと笑いかけた。思わず見惚れそうになる笑顔だけど、ギラついたオーラも感じる。

「さあ、早く帰ろう。二人の愛の巣に」

「い、言い方……！」

愛の巣ってなに！　そんなに明け透けに言われると、どんな目に遭わされるのかと不安と期待で心臓がおかしなことになる。

コインパーキングに駐車されていた車に乗せられて、私は数時間ぶりに彼の部屋に帰ることになった。

あの場所にどうしていたのかを確認するのをすっかり忘れて。そして彼が八重沢になにを囁きかけたのかも、私の頭からすこんと抜け落ちていた。

誓の家に帰宅すると、時刻はとっくに夕飯時になっていた。

精神的にはくたくたになっているのに、お腹は空いている。

普通こういうときって疲労感が強くて食欲も湧かないものじゃないの？　私は案外神経が太いらしい。

「もうこんな時間か。夕飯は俺が作ろう。食欲はどう？　気分が悪くて食べられそうにないとか」

「残念、お腹が減っててなんでも食べられそう」

「それは残念とは言わないんじゃ」

誓がくつくつと笑う。その柔らかな表情に胸がキュンと高鳴った。

これが少女漫画でよく見る胸キュン……！

自分が経験することになるなんて思っておらず、そんな現象が本当に起こるとは……私が知らない未知なる経験はまだまだ多い。

「大丈夫か？　食事ができるまで休んだ方がいいな。あとカウンセリングも受けられるように腕のいいカウンセラーを探しておこう」

誓がサッとスマホを取り出した。仕事ができる男は本当にあれこれ抜かりなく仕事が速い！

「え、待って、カウンセリングを受けるのは保留で！」

「だがこういうことは早めの方がいいんじゃないか」

「ほら、気持ちの整理も必要だし。それに私が必要だと判断したときに相談するから」

そう告げると、彼も納得したらしい。スマホをダイニングテーブルに置いた。

「清良がそう言うなら。でも無理は禁物だからな」

そっと後頭部を撫でられる。そのまま身体を引き寄せられて、彼の胸に抱きしめられた。

腕の中に閉じ込められるのが心地よい。

誓の温もりと匂いに包まれると、リラックス効果がすごい。このまま眠れたら安眠できそうと思えてくる。

背中に腕を回してギュッと抱き着くと、誓の背中がピクリと反応した。

私の頭に顎を乗せて、誓が悩ましい声を出す。

「あ〜食事よりも清良を喰べたい」

「……」

心の声が駄々洩れでは！

今すごいリラックスしていたのに、急に安心できなくなった。心臓がうるさく騒ぎだすのでやめてほしい。

「私はお腹が減ったわ」

色気より食い気が先だと主張すると、誓の苦笑が落ちてくる。

「仰せのままに、姫様」

「姫じゃないし。っていうかなんのキャラなの」

「大事な女性はみんなお姫様だろう？　それで男は姫を守る騎士《ナイト》だな」

気障《きざ》な台詞も美形が言うから様になるんだろうなと思いつつ、誓が軍服を着たら確かにかっこいい……。

って、騎士発言は危険だ。まだ誓が前世の私を殺したローゼンフォード伯爵家の関係者だという可能性が残っていた。

僅かな緊張感を抱えつつ、あえて明るい声を出す。

「……それで、今夜の夕食は誓が作ってくれるんでしょ？　よろしくね、シェフ」

「ハードルは上げないでほしいな。人に振る舞うような料理は作ってないから」

それは逆に楽しみになってきた。一体どんな料理を作ってくれるのだろう。

「リクエストがあるなら聞くが」

「なんでも食べられるから大丈夫！」

抱擁を解いて、彼の手料理に期待する。冷蔵庫にはネットスーパーで届いたばかりの食材が入っているから、ある程度のものは作れるだろう。

「じゃあその間君はゆっくりお風呂にでも入っておいで。疲れを癒やしたらいい」

「え、なにも手伝わなくていいの？」

座ってるだけじゃ手持ち無沙汰だと思っていたんだけど、誓は私を浴室へ追いやった。

「ちゃんと温まるんだぞ」

キッチンに向かう後ろ姿を眺める。なんとも面倒見がいいというか過保護というか。

「誓って長男だったっけ」

下に妹か弟でもいるのだろうか……いや、確かお兄さんがいると言っていた気がする。

浴槽にお湯を溜めて、お気に入りのバスソルトを入れた。

一日でいろいろありすぎて、思わず溜息が出る。

神社でひいたおみくじは、今日の災難を示していたのだろうか。

「いや、災難じゃなくて明るみになっただけかな」

あの部屋を調べたら、他にもなにかが出てくるだろうか。たとえば盗聴器とか……と考えたところで、寒気がしそうになった。

急いで衣服を脱いで、身体を湯舟に沈める。じんわりと身体が温まってくると、嫌なことも少しずつ溶けて消えて行きそうだ。

「今までいろんなことがあったけど、私に関わった誰かが警察に連行されたことはなかったな……」

理不尽な嫌がらせ程度の不運は些細なことが多くて、後から思い出せば笑えるものが大半だった。

動物園に行ったら一斉に動物が私から去っていくとか、近所の犬には必ず吠《ほ》えられてきたとか。

生死や犯罪が関わるものはなかった。

誰かの人生がめちゃくちゃになるのはキツい。それほどまでに過去の私は悪女だったのだろうか。

「……私の記憶も曖昧だから、違うとは言えない……」

ただわかっているのは、未熟な少女を利用していた大人がいたこと。それが彼女の両親だったこと。

かつての私の価値は、外見の美しさとその身に流れる高貴な血筋だけだった。まるで血統書付きの犬猫と変わらない。なにせ、彼女の両親は実の娘を人形だと言っていたのだから。

「お前は最高傑作だ、なんて言われて喜ぶ子供がどこにいるのよ」

けれどそれが褒め言葉に聞こえていたのだろう。褒められることで自己肯定感を上げていたのだと思う。

私は美しくて、私の身体に流れる血にも価値がある。私に一番価値のあるものを差し出した者を選べば、両親はさらに喜んでくれる……。

そう信じ込まないと生きていけない家庭環境は、決して健全とは言えない。

現代社会に馴染《なじ》んだ私には、その状況は虐待としか思えなかった。彼らは肉親の愛情を娘に注いでいなかったのだから。

そしてその美貌に惑わされて正気を失った男たちの理性の脆《もろ》さにも問題はあると思う。国王まで息子と年が変わらない少女に手を出そうってどういうことよ？

でもそれがまかり通ってしまう時代だったのだろうし、今の私と価値観は違う。その時代をなんとか生きぬかなきゃいけない貴族女性は本当に過酷だ。

ふと、脳裏にかすめる人物を思い出した。

そういえばかつての使用人に八重沢と似た男がいたような……柔らかな笑みが印象的だった。

「……まさか彼の生まれ変わりが……？」

記憶を掘り起こそうとする。

でも私にとって前世を思い出すことは夢を思い出すようなもの。繰り返し見る夢なら鮮明に思い出せるけど、そうじゃなければ朧気《おぼろげ》にしかわからない。

八重沢が過去の関係者なら、私と近い場所にいた可能性が高い。もしかしたら使用人のひとりだと考えた方がしっくりくる。

「確かめる方法なんてないけれど……そうかもしれない」

その男は、よく私のことを見ていた気がする。積極的に関わることはなくても、少し離れたところで見守っていてくれるような……そして王都の騎士と変わらぬ剣の腕を持っていた。

もしも彼の生まれ変わりが八重沢だったら……そう考えると、多少の運命はあったのかもしれない。

「でも運命なんて言葉、軽々しく口にできない」

それを免罪符にして犯罪に走る人間とは分かち合えない。

それよりも、警察から詳しい事情聴取を求められたらなんて答えよう。貴島さんはどこまで警察に話したのか、きちんと確認しておかないと。

引っ越しのために書類を取りに行っただけなのに、とんだ結末になってしまった。

遅かれ早かれ暴かれることだったのだと思って、今知ることができてよかったと思いたい。

手早く全身を洗いながら、ふと今夜について考える。

今夜は……ひとりでは寝られないよね……？

お腹を満たした後は、確実に誓に食べられるのでは……さっきすでに欲望が駄々洩れだったじゃない。私がお腹減っていると言ったから引いてくれただけで、問題なかったらあのまま寝室直行コースだったかも……。

「……っ！　さ、酒を飲まねば……！」

そうだ、モルディブでの夜もお酒を飲んだからあんな大胆なことができたんだった！

一夜限りだと思っていたのも大きい。

もう二度と会わない人だから、悔いがないように動けたんだと思う。

「予告を受けていると、緊張するんだけど……」

心臓がドキドキする。前回は好奇心が勝っていたけれど、今回は純粋に誓に触られたい欲の方が大きい。

確実に私の気持ちが育ったからだ。まだあのキーホルダーがなにを意味するのかわかっていないのに、それも些細なことではないかと思い始めている。

「それに特に意味もないかもしれない……どこかのお土産屋さんで買ったのかも」

薔薇と双頭の鷲。私の記憶が正しければ、ローゼンフォード伯爵の家紋に間違いない。

でもたまたまその二つを組み合わせただけで特に意味がないなら、前世云々《うんぬん》を気にすることはないだろう。

私が惹かれているのは誓であって、他の誰でもないのだから。彼を丸ごと信用できなかったとしても、私に見せる彼を信じられたらいい。

誰かを百パー信用するなんて不可能に近い。

いつも以上に丁寧に身体を磨いて、ドキドキする心臓を宥める。下着は見られてもいいやつを選ばないと。

新調したばかりでよかったと安堵しつつ、期待しているように思われる下着は絶対に避けたい。

まあ、元々セクシーなランジェリーは持っていませんが。

「はあ、考えすぎたらクラクラしてきた。なかなか心の準備が整わない……」

もう少しだけ浴室に籠城しておきたいとも思ったが、誓が心配して見に来たら困る。

覚悟を決めて誓が待つリビングへ向かった。

「よく温まったようだな。顔が火照ってる」

すっぴんを見せることに抵抗がなくなっている。化粧を落とした無防備な顔を見られることに慣れたのは、彼に心を許している証拠か。

若干の気恥ずかしさを感じながら、そっと視線を下げた。

「ちょっと長湯しすぎたかも……ええと、今から手伝えることはある?」

「いや、もうほとんど用意できたからソファに座って待ってて。はい、お水。ちゃんと水分補給するように」

ミネラルウォーターのボトルを手渡された。なんとも気が利く。

「ありがとう、じゃあ遠慮なく」

ソファに座るよう誘導されて、ボトルの水を半分ほど飲み干した。温まりすぎて喉がカラカラだったようだ。

「あれ、今日はここで食べるの？　ダイニングテーブルじゃなくて」

「ああ、そっちの方が寛げるだろ？」

ソファの前のローテーブルにはイタリアンレストランで見かけるような前菜が準備されていた。彩り豊かなカナッペは、クラッカーの上にクリームチーズとスモークサーモンの他、アボカドやエッグサラダとオリーブに生ハムが載せられている。一口サイズなので食べやすそうだしワインと合うだろう。

他にも白身魚のカルパッチョや、大皿のプレートには茹《ゆ》でた野菜やエビ、ホタテとグリルされた鶏肉《とりにく》が。これらには味がついていなさそうだけど、まだ完成ではないのだろうか。

「この茹でた野菜たちはどうするの？　そのまま食べる感じ？」

それはそれでヘルシーだし、私は問題ない。塩コショウをすれば十分おいしい。

だが誓は「テーブルの真ん中のスペースを空けておいて」と言い、なにやら見慣れない機器を持ってきた。

「ん？　これは……？」

真っ白い陶器でできた小型のスタンドは、なにかを載せられるようになっている。窪《くぼ》みに入れるのはキャンドルだろうか。

「あ、わかった。鍋か！」

「半分正解」

誓が鍋摑《づか》みとともに持ってきたのは、とろりと溶けたチーズソースだった。

「チーズフォンデュ!?」

「そう、専用の鍋が家にあったのを思い出して」

「この家にはどんだけ使っていないキッチングッズが眠っているの？　羨ましいんですけど」

二人なら十分な大きさの鍋を先ほどのスタンドの上にセットした。土台の窪みの中にティーライトキャンドルをセットし、火をつければ準備完了だ。

「これは直火式《じかび》のフォンデュ鍋だけど、電気鍋もあるらしい。調べてみるといろんな種類があるようだ」

「へぇ……面白いね。私、家でチーズフォンデュなんてオシャレなのしたことがないわ」

お店で食べるものだと思っていたけれど、材料さえ揃えられれば手軽に作れるのかも。ホットプレートを利用しても工夫次第で楽しめそう。

「ひとりだとなかなかやらないな。でも下準備も簡単だし、手軽に使えそうだ」

「ちなみに、家庭用のチョコレートファウンテンもあったり？」

ホテルのビュッフェで見かける写真映えのデザートだ。溶けたチョコレートが噴水のように流れて、そこにマシュマロやフルーツをディップするやつ。

さすがに一般家庭にはないだろうと思っての問いかけだったが、誓は首を傾《かし》げて考えだした。

「そういえばホームパーティー用に揃えていたかもしれない」

「チョコレートファウンテンも⁉」

ホームパーティーは想像していなかった。確かに大勢の人を呼んでも問題ないくらいこの家は広い。ワンフロアあるし。

「清良が試したいなら今度やってみるか？」

「いや、後片付けが面倒そうだし、そんなにチョコも食べられないからいいよ……少人数でやるものじゃないし」

溶けたチョコの処理を考えると、あれは大勢の人が集まったときのパーティーグッズだろう。二人だけでやるものではない。

「現実的だな。だが俺も同感だ」

誓が苦笑しながら私にチーズフォンデュ用のフォークを手渡した。

これに下茹《したゆ》でした具材をさして、チーズの海にディップすればいい。

「今夜は白ワインが合うな。他に飲みたいものは？」

「ありがとう、白ワインで十分よ」

彼はふたたびキッチンに戻り、冷蔵庫から冷えた白ワインとグラスを持ってきてくれた。

男性がワインボトルを開ける瞬間ってちょっとセクシーだよね、と彼の手に思わず視線を注いでしまう。

手フェチではないのに、誓は指の先まで整っているのだなと気づいた。

「……なんだか視線を感じるんだが」

「その手つきがなかなかエロいなって。骨ばっていて筋が見えて、バランスのいい手をしてるよね」

「そんな褒められ方をしたのははじめてなんだけど」

「私もよ」

誰にでも言うわけじゃないし、今までそんな褒め方をしたことはない。

だが誓は機嫌を悪くしたわけではなく、逆に上機嫌になった。

「どうせならベッドの中で満足してもらいたいんだが」

「今は健全なお食事タイムですよ」

三大欲求の二つを混ぜないでほしい。

「エロいって褒めたのは清良なのに」

……それは確かに。

私はそっと口をつぐんだ。余計なことは口走ってはいけない。

グラスに注がれた白ワインを一口飲む。甘すぎず、フルーティーな香りが爽やかだ。

それぞれのお皿に前菜を取り分けてから、チーズフォンデュ用の細長いフォークにエビをさした。

「エビ食べる？」

「レディーファーストでどうぞ」

「ありがとう。じゃあ遠慮なく」

エビを蕩けたチーズにディップする。

とろりとしたチーズを絡めて、垂れないように気をつけながら一口で頬張った。熱々のチーズソースが口の中で広がり、ぷりぷりのエビを引き立てる。

「うっま！」

「それはよかった」

チーズソースはなにが入っているんだろう。確か白ワインでのばすんだっけ。

「バゲットとの相性もいいな」

誓が一口サイズに切ったバゲットを堪能している。

チーズソースに程よく味がついているから、ディップする食材はそのままの味を堪能できる。

「これはいくつでも食べられそうね。このソース飽きないわ」

茹でたブロッコリーもおいしい。マヨネーズを使うよりチーズソースで食べたい。どっちもカロリーは高いけど。

「気に入ってもらえたのなら作った甲斐《かい》があったな」

誓の微笑に甘さが混じる。

私の気分を上げるために、こうしたエンターテインメント性のある料理を作ってくれたのかもしれない。

嫌なことがあったら、おいしいものを食べて気分を切り替えたい。

嫌がらせのような不運に遭遇した日や、仕事で失敗した日こそ、豪華な食事やご褒美デザートを食べる。そんな自分のこだわりを、世間話のように話していたことを思い出した。

「……わざわざありがとう。慣れない料理を作るのって大変だったでしょう？」

ずっとしまわれていたキッチングッズを発掘して準備をするなんて、労力が大きい。精神的に疲れていたらそこまでしたくないはずだ。

でも私が喜ぶと思って作ってくれたのだと思うと、胸の奥にじんわりとした気持ちが広がっていく。

「いいや、このくらい大したことじゃない。俺のことよりも、清良が喜ぶ顔が見られた方がうれしい」

チーズソースにディップしたホタテを食べさせられる。こんな餌付けのような真似、恥ずかしいのに嫌じゃない。

口の隙間にホタテを差し込まれた。やっぱりどんな具材もチーズフォンデュにするとおいしさが倍増する。

「ホタテもおいしい……」

「材料はたくさんあるから、好きなのは全部食べきっていいぞ」

「さすがにそこまで食いしん坊だとは思いたくないけど、ありがとう」

チーズフォンデュを食べながら、その他の前菜を食べ進めていく。

一口サイズのカナッペはお酒とよく合う。程よい塩気がたまらない。

空になったグラスにワインが注がれた。細やかな気配りに感謝する。

「ありがとう。その、ワインや料理だけじゃなくて、今日のことも含めて」

今日だけじゃない。

誓と出会ったときから助けられてばかりだ。

ほんの小さな不運なんて気にならないほど、彼と出会えた奇跡が私の一生分の幸運に思えてくる。

今まで清く正しく生きなければと思って意識してきた善行も、前世の罪を清算するためじゃなくて彼と出会う幸運を得るためだったのかもしれない。

いいことがあったら必ず悪いことも起こるんじゃないかと身構えていたのが嘘のように、隣に誓がいることが心強い。

なにかが起こっても、私ひとりで抱え込まなくても大丈夫な気がしてきた。

「誓が隣にいてくれて心強かった。私はいつも、あなたに助けられてばかりだわ」

「そんなことは気にしなくていい。清良がひとりで傷ついていた方が俺も辛い」

右手をギュッと握られた。

その手の温もりが心地よくて、ずっと包まれていたいと思ってしまう。

「……どうしてそんなに優しいの」

ポロッと、口から疑問が零れた。

思えば誓は出会った頃から私に親切だ。

少し変態にも聞こえる発言もたびたびあった気がするけど、モルディブでは常に紳士的だったし、再会してからも私のためを思って行動してくれる。

そんなに与えられてばかりいても、私が返せるものなんてたかが知れているのに。

「どうしてか……考えたことがないな」

つまり日常的にこの程度の親切心は発揮しているということだろうか。

もしや私以外の女性にも同等の扱いをしているとか？　……想像しただけでモヤッとするんだけど。

「まさか私が特別なんじゃなくて、誓にとってはこのくらいは当たり前のことで、目の前にいた女性が困っていたら自宅に連れ込んじゃうかもしれないと……」

「そうは言ってないだろう。しないよ、そんなこと」

疑いの目を向けてしまう。

普通の男性に抱く警戒心も、イケメン相手だと多少薄れてしまうというのが女性心だ。彼が悪人じゃなくてよかったと思いつつも、誰彼構わず救いの手を差し伸べていたら危険極まりない。

「俺はそんなに偽善者じゃない。単純に清良が俺のタイプだったってだけで、普通に下心があって声をかけた」

「ホテルの受付で困ってたときのこと？　そんな風には見えなかったけど……」

「当然だろう。下心丸出しで近づいてくる人間なんてろくなもんじゃないし、普通に怖い」

妙な説得力がある。きっと誓の周囲には下心を隠さない人間が多いのだろう。異性に近づいてこられる方が、警戒心が働きそうだ。

「最初は事情だけ聞いて、できる範囲で手助けができたらくらいだったんだ。なのに君ときたら、野宿をすると言いだすし。さすがに心配になるだろう。若い女性が異国で野宿って」

「で、本心は？」

「……まあ、食事くらい一緒に行けたらいいなとは思った。それに俺を見ても目の色を変えない女性は珍しかったし、興味が湧いた。今思えば一目惚れに近かったと思う」

「長時間フライトの後のへろへろ具合の私に一目惚れって、誓の方こそ疲れすぎていたんじゃ……」

今世で一目惚れをされたことなど一度もないんだけど。自分でも十人並みの容姿だと思っている。

隣に座る誓をちらりと見上げると、彼の目尻がほんのり赤い。照れているのだろう。

不意打ちに見せる表情に胸をくすぐられる。鼓動がトクトクと速い。

「じゃあ、私だけって思っていい？」

「ああ」

「他に困った女性や犬猫がいても、拾ってこない？」

「拾わない。犬猫は飼い主を探すが、俺が助けたいと思った女性は今までもこれからも清良ひとりだよ」

指が絡められて恋人繋ぎにさせられた。

手が密着すると同時に身体の体温が上がった気がする。

誓の目に見つめられると、自分の意思とは関係なく心臓が大きく高鳴った。頭で考えるよりも心が反応している証拠なのではないか。

「……うれしい。ありがとう」

彼の肩に頭を乗せる。

誰かと一緒にいて、こんなに満たされる気持ちになるなんて想像したこともなかった。

「俺は君が好きだから､俺にできることならなんでもしたいし､君に頼られることが好きみたいだ。だからこれからも遠慮なく頼ってほしい」

頬に柔らかな感触が当たる。

「……うん、私も誓が好き」

彼と同じくらい、自分にできることならなんでもしてあげたい。

器用な誓と違って、私ができることには限りがあるけれど。それでも一緒にいることで少しでも癒やせたらいいし、心のよりどころになれたらうれしい。

本当は、自分だけのために生きる人生は味気ないと思っていた。一生ひとりでいいのだと言い聞かせていたのは、一度手に入れた幸せを失うことが怖かったから。

幸せな結婚なんて来世に期待すればいい。今世は消化試合のようなもので、恋愛以外を楽しめれば十分なんだと、何度も自分に言い聞かせていた。前世の記憶がなかったら決してそんな風に思わなかったはずなのに。

でも、私がなにかを諦める必要はないはずだ。

結婚が必ずしも幸せとは限らないけれど、私は悔いのない人生を歩みたい。あのとき恐れず誓の手をしっかり握りしめていたらよかったなんて、後悔したままおばあちゃんになるのは嫌だ。

何度目になるかわからないキスは自分からした。

唇に触れ合うだけの軽いキス。柔らかな感触が伝わるだけで、身体の奥が痺れるような心地になった。

「清良……」

彼の声が艶っぽい。

薄く目を開けると、誓は硬直したように私をガン見していた。

「お腹は満たされたか？」

「え？　ああ、うん……おいしかったよ」

まだ料理は残っているけれど、お腹は大分満たされた。

チーズフォンデュを温めているキャンドルもそろそろ火が弱まってきた。誓が食べるなら新しいものに交換した方がいい。

そう思っていたら、彼は一息で火を消した。

キャンドルの独特の匂いが鼻腔《びこう》をくすぐる。

「じゃあもういいな？　俺は早くデザートが食べたい」

「それは冷蔵庫に入ってるって期待していいやつ？」

「冷凍庫にはアイスが入ってるが、今は目の前のデザートがほしい」

それって私？　と確認するほど鈍くはない。彼がなにを欲しているかなど、肌に突き刺さるような視線でバレバレだ。

「お、おいしくないかも……」

「そんなことはない」

「デザートのように甘くはないと思う」

「俺にとっては絶対甘い」

なんだ、これ。身体全体が甘くてムズムズする。

求められるのは素直にうれしい。誓が直球なのも胸をキュンとさせる。

けれど経験値が低すぎて、うまい返しが思いつかない。

「だといいんだけど……」ともごもごと呟くと、膝裏に腕が差し込まれた。

「え？　きゃあっ！」

「摑まってて」

身体を横抱きにされて、どこかへ運ばれる。

すでに心臓がドキドキしてきた。今から向かう場所など、ひとつしかない。

誓の寝室に連れ込まれた。はじめて入った瞬間から、部屋中に彼の匂いが充満していてクラクラしそうになる。

どうしよう、匂いだけでお腹の奥が疼くなんて知らなかった。そんな自分にも気づきたくなかった。

いつの間にか私の身体はすっかり彼の匂いを受け入れている。とっくに本能的に惹かれていたのだろう。

ひとりで寝るには広すぎるベッドに下ろされた。

ホテルライクという表現がぴったりな寝室は、生活感を感じられない。綺麗に整えられたベッドの他は、ナイトスタンドと大きな窓と一人用のソファがあるくらい。

「ようやく君をこのベッドに連れ込むことができた」

「ずっと連れ込みたいと思っていたの？」

「もちろん。ゲストルームなんてないって言っておけばよかったと思うほど。だがそれじゃあ君をここに滞在させることもできなかっただろうが」

それはそうだろう。同室になるとわかっていたらさすがに拒否ってた。

「何度も夜這いをしてしまおうと思ったよ。寝ている君を連れ出して、俺の隣で寝てくれたらいいのにって」

シャツのボタンを外しながら、誓が本心を語った。

私がぐーすか寝ているときにそんな危険が迫っていたなんて。夜這いされずに済んでよかった……。

「不細工な寝顔を見られなくてよかったと思っておくわ。よだれ垂らしていたら嫌だし」

「そしたら俺がぬぐってあげる」

こうやって、と下唇に彼の親指が添えられた。スッと指先で唇をなぞられる。

些細なスキンシップなのに、私の腰にぞわぞわした震えが走った。先ほどからフェロモンをまき散らしすぎではないか。

薄い虹彩《こうさい》の奥には隠しきれない劣情が炎のように揺らめいている。

その感情を向ける人が私だけなのだと思うと、独占欲のようなものが湧いてきた。

脱ぎかけのシャツにそっと触れる。私の方から彼の残りのボタンを外すと、誓は好きなようにさせてくれた。

「お腹、いつ鍛えてるの？」

モルディブでも鍛えた身体をしていると思ったけれど。ずっとこの体型をキープしているのだろうか。

「空いた時間でジムに行くくらいかな。このマンションにも専用のジムがあるから、二十四時間好きなときに使えるようになっている」

そういえばジムもプールもあると教えられていたっけ。利用したことはないけれど。

割れた腹筋に触れていると、誓はくすぐったそうに身をよじった。私の手を取り、頭上に固定する。

「後で好きなだけ触れていいから。今は清良を堪能させて」

もしかして彼は結構我慢しているのかもしれない。

私の好奇心が誓の欲情を煽っていたのだとしたら悪いことをした。

大人しく頷くと、彼は性急な手つきで私のルームウェアを脱がしにかかる。

ワンピースの裾に手を入れられて、あっという間に頭から脱がされた。

「……少しは俺に触れられることを期待していた？」

先ほど散々悩んで選んだのは、繊細なレースが可愛らしいブラレットとショーツだ。

薄いピンクで、私にしてはラブリーすぎるのではと思いつつも、セクシーな黒系よりはいいかもしれないと思ったもの。

でも今さらながら、黒の方が誓の好みだったかもしれない……。

「欲望駄々洩れだったのはあなたの方じゃない」

それで浴室へ送り出されたのだから、期待しない方がおかしい。なにが起こってもいいように、見られても平気なランジェリーを選ぶのは当然だ。

「黒とピンクなら、清純派っぽいピンクの方が誓の好みかなと思ったんだけど……もしかして黒がよかった？」

そんな質問をされるとは思わなかったのだろう。

誓が真剣に悩みだす。

「清純派で可愛い系のピンクとセクシーで妖艶な黒ならどっちも甲乙つけがたい。はじめての夜はあどけない少女のようなピンクで、翌日は小悪魔のごとく俺を惑わす黒がいいな。あと君の肌には赤も似合うと思う。明日早速買いに行こう」

黒い下着を着ても惑わせる自信なんてないんですが。

あと赤い下着もハードルが高い。なんというか、赤はいかにも勝負下着って感じがする。

誓は「下着だけで一晩語れる」と呟いた後、私のブラレットのホックをプツッと外した。

「……下着が好きなのでは？」

「君が身に着けているから魅力に感じるだけで、女性の下着に特別な感情はないからな。勘違いしないでほしい」

そんな心配はしていなかったけど、なるほど。その可能性もあったのね。

ふと、八重沢が盗んでいった私の下着はどうなっているのだろうかと考えてしまった。警察が押収していたら嫌だな……一軍の下着でも見られるのは抵抗がある。

余計なキーワードを出したことで、私が下着泥棒について考えていると気づいたのだろう。誓の眉根がギュッと寄った。

「清良、俺を見て。俺だけを見てて。解決しなければいけないことがたくさん残っているけれど、それは一緒にひとつずつ解決していこう」

誓の手が私の頬を包んだ。

安心感を与える手の温もりにホッとする。

「……面倒じゃない？　本当に私でいいの？」

彼なら選びたい放題なのに。私みたいに厄介ごとに巻き込まれる人間は、正直重荷でしかないはずだ。

「言っただろう、清良がいいって。それに一度君のことを知ってしまったら、もう目が離せない。俺の目が届かない場所でトラブルに巻き込まれていたら、それこそ心臓に悪い」

「面倒見がよすぎでは」

「ただの親切心なんかじゃないからな。俺ははじめから下心を持っている」

過保護なだけではないのだと言い聞かせるように、誓の手が私の胸に触れた。

まだ芯を持っていない胸の頂を指先で転がされる。

「ん……っ」

「ああ、可愛い。どんどんぷっくりしていく。うまそうだ」

視線だけで焼き焦げそう。

誓の目がとろりと溶けて、声にまで隠しきれない欲情が混ざっている。

そんな目で見つめられることがうれしくて、私を求めてくれているのだと伝わってくる。

「私も、私に触れるのは誓だけがいい」

赤い蕾を口に含まれる。

舌先で転がされて吸い付かれると、甘い痺れが背筋に駆けた。

お腹の奥がズクンと疼く。子宮に熱が集まっているようだ。身体の奥が熱くて、誓に触れられる箇所に神経が集中する。

「うん、俺以外には触らせないで」

胸にキスマークを刻みながら囁かれた。空いている手で臍の上を撫でられて、ゆっくりとその手を下へと滑らせる。

「ン、ア……」

薄い布地のショーツは濡れてほとんど使い物にならないだろう。そんな状態を気づかれることが恥ずかしいのに、私の口から脱がせてほしいとは言いだせない。

誓の指先がショーツの上から秘所に触れる。

クチュ、と水音が響いた。

「音、いや……」

「どうして？　俺はうれしい。清良が感じている証拠だ」

湿ったショーツに指を這わせて、愛液をしみ込ませるように蜜壺を刺激してくる。その意地悪な指先がちょっとだけ憎たらしい。

布地と花芽がこすれて、もどかしいような感覚に襲われる。じれったい感触に腰が揺れそうになるのを堪えていると、誓が小さく笑った。

「恥ずかしがっている顔がたまらない」

「～～じゃあもう見せない」

近くに置いてある枕を抱き寄せる。これで少しは顔の火照りも冷めるだろうか。

「だーめ。もっと恥ずかしいことをしたくなるぞ」

「あっ！」

枕を引《ひ》っ剝《ぱ》がされて、床へ放られた。

彼の目が自分以外のものに縋るのは許さないと告げてくる。

その捕食者のような眼差しがドキッとする。心の奥まで捉えて離さないと言われているみたいだ。

「俺だけを見て、清良」

両膝を立たせられた次の瞬間、股の中心に生温かい息がかかった。

「え、ちょ……っ」

ショーツのクラッチをずらされて、秘所に直接ざらりとした感触が伝わった。反射的に腰が逃げそうになるけれど、誓の手がそれを阻む。

「逃がさない」

呟きながら舌が上下にぬかるんだ割れ目を舐めて……そのまま蜜口から零れ出る愛液をズズッと啜ってきた。

「ひゃあ……ンゥッ！」

自分の声が甘ったるい。吐息が熱い。太ももなんてプルプル震えそうだ。

下肢から聞こえる水音が淫靡すぎて耳を塞ぎたい。けれどきっとそんなことをすれば、誓は私の両手の自由を奪うだろう。

頭上で両手を拘束されて、彼に与えられる熱だけを受け止める。

そんな想像をすると、自分でも驚くほど、胸なのか子宮なのかわからない場所がキュンとした。

同時に分泌液がコポリ、と溢れ出る。

縛られているのを想像して感じるなんて、痴女じゃないか……。

「洪水みたいだ」

誓の声がくすぐったい。

私に被虐趣味なんてないはずなのに。好きな人に拘束されるのは嫌じゃないかもしれないなんてどうかしている。

「も、いいから……」

不浄なところをそんなに舐めなくていい。

というか美形が私の股を舐めているのは絵面的にも刺激が強すぎる。

妙な背徳感のようなものに苛《さいな》まれていると、誓が私のショーツを脱がしにかかった。

「すっぽんぽんになろうか」

「表現がひどい」

いちいち言わんでほしい。というかロマンティックなムードはどこに行った。

はじめからなかったと言われるとそうかもしれない。

蜜がたっぷりしみ込んだショーツはずっしりと重い。脱がされた瞬間、外の空気に触れて秘部がひやりとした。

誓はそれも枕と同様に床に放ると、自身のスラックスに手をかける。

「はあ、俺ももう窮屈すぎて無理。こんなに滾ったのはモルディブ以来かもしれない」

「え、そうなの？」

「半分は嘘。清良が同じ屋根の下にいると思うだけで毎晩辛かったけど」

そこまでは聞いてないが、でも彼は無理やり部屋に押しかけて夜這いをかけてくることはなかった。

狙われていたことに違いはないけれど、私の意思に反することはしていない。下心を隠さないオープンな性格はいっそ潔いと言っていいだろう。

はだけたシャツも床に落として、膝立ちになったままスラックスを下ろした。彼の局部は見間違いがないほどこんもりとテントを張っている。

そんなストリップシーンをこのまま凝視していいものかがわからず、そっと視線を外そうとする。

だが、誓は見られて興奮するタイプの変態だった。

「ああ、なんだか見られている方が滾るな……」

「目を瞑《つぶ》っておくわ」

紺色のボクサーパンツだけチラリと見えた。あの下はどんな状態になっているのか、経験の浅い私には刺激が強い。

ゴソゴソと衣服がこすれる音がして、マットレスが沈む気配を感じた。

「もう見たことがあるのに、恥じらうなんて可愛いな」

……確かに一緒にお風呂も入ったことがあるけれども。あのときの私はなんだか異国マジックにかかっていたのだ。

非日常を満喫していたときと同等に考えられても困るし、あの晩に見た誓の身体はぼんやりとしか思い出せない。

「目を瞑っててもいいけれど、それだと伝わらないだろうから……清良の手を借りよう」

……え？

私の手をどうするつもりだと思った瞬間、誓の手によってどこかへと導かれて……熱い棍棒《こんぼう》を握らされた。

「……ッ！」

思わず目を見開いた。

熱く脈打つ肉感的ななにかは、私の手で握りきれない。

「ちょお……っ！」

「ン……ッ、ちょっと強いけど、その感じだ。握られるだけでイケそう」

そんな実況聞きたくないんですが！

でも誓の艶っぽい表情と声を聞いたら、私もおさまっていたドキドキが再燃してきた。

顔に熱が集まり、手のひらから伝わる生々しい感触が私の胸を高鳴らせていた。

これは受け止めきれない……この大きさを処女が受け入れるのは厳しかったのでは……。自分でもよく頑張ったな、と謎の感動に震えていると、誓の肩も震えだした。

私の手から自身の欲望を外させると、どこから取り出したのか避妊具をかぶせた。

「はぁ……、一旦出してしまおうかと思ったが、やっぱり君の中で果てたい」

今にも肉食獣が獲物に食らいつこうとする顔だ。セクシーで、その獰猛《どうもう》な目に胸の高鳴りが止まらない。

こくん、と口内に溜まった唾を飲み込んだ。

私も早く食べられたいかも……。

彼に触りたい欲求がこみ上げてくる。誓のこんな表情は私にだけ見せてほしい。他の誰にも同じ顔を見せないでほしい。

誓は性急な動きで私のぬかるみに指を挿入した。

難なく二本の指を飲み込み、中をほぐされる。指で膣壁をこすられると、時折びりびりとした快楽に襲われた。

「あぁ……、ンぅ……っ」

「君はここが弱かったな」

トントン、と同じ場所を刺激される。

腰が跳ねて逃げそうになるが、誓が許さない。降り積もる雪のように快楽が蓄積されていき、お腹の奥が収縮する。

無意識に指を締め付けてしまう。異物を排除しようとしているのか、それとも本能的にもっと奥にほしいと思っているのか。

挿入された指が増えたことにも気づかないほど、誓に与えられる熱に翻弄されてしまう。

「はぁ……あぁ……ンッ」

胸の頂をキュッと摘まれた。

硬く芯を持った赤い実は、自分でも直視できないほど卑猥に見える。

「清良はどこもおいしそう」

クニクニと胸を弄りながら三本の指で膣壁をこすり、同時に親指で花芽を刺激した。

「ン――ッ！」

胎内に燻っていた熱が一気に弾ける。

視界が白く染まり、つま先がシーツを蹴った。

「軽く達したかな」

経験が浅すぎて絶頂というものがまだよくわかっていないけれど、どっと押し寄せる疲労感とふわふわした思考が私の理性を完全に消した。

腕を持ちあげるのもだるい。でも、誓の温もりを感じたい。

視線だけで懇願すると、彼がふわりと微笑んだ。

「ああ、その表情……たまらない」

蜜口に熱杭が押し当てられる。

ずっしりした質量がくちゅくちゅと音を立てて蜜口に浅く入り込んだ。

誓がグッと腰を押し進め、隘路《あいろ》を拓《ひら》いていく。

「あぁ……っ」

先端が埋め込まれるだけで一瞬呼吸が止まりそうになった。

指とは違う異物は確かな熱を持って、私の中へと入り込んでいく。

「……っ、狭いな」

閉じていた目を開く。

額に汗を滲ませた誓の顔が視界に映った。

苦しげに眉根を寄せて私を見つめる顔が凄絶な色香を放っていて、愛おしさがこみ上げてくる。

「ン、アァ……ッ」

「清良、俺を受け入れて」

誓が懇願する。私を欲してくれているのだと思うと、たまらない心地になった。

彼の楔が少しずつ奥へと侵入していく。内臓を押し上げる異物感が苦しいのに、同時に出て行ってほしくない。

「ンン……ゥ」

「あと、ちょっと」

ポタリ、と誓の汗が垂れた。

彼の体軀《たいく》に見合う立派なものを一度に受け入れられるほど、私の身体は柔軟ではない。でも時間をかけてゆっくり挿入され、ようやく最奥に到達した。

「はぁ……」

詰めていた息を吐いたのはどちらだっただろう。二人同時だったかもしれない。

「大丈夫か？」

誓が額に貼り付いた前髪をそっとどけてくれる。

指先で汗をぬぐわれた。優しく触れられるだけで、胸の奥を羽先でくすぐられているような気分になる。

「ん……なんとか」

以前感じたような破瓜《はか》の痛みはない。ただ身体が慣れていないから、お腹の奥が苦しいだけ。

それも少しじっとしていれば馴染んでくるだろう。

誓の体温をもっと感じたくて、だるさが残る両腕を彼に向けた。

「抱きしめて？」

「……仰せのままに」

ふっと微笑んだ顔が極上に甘い。

そんな表情を向けて私の願う通りにしてくれる。素肌で抱き合う感触が気持ちよくて、汗ばんだ肌から互いの心音が伝わってきそう。

額にキスを落とされる。

そのまま瞼、鼻に触れるだけのキスをされて、最後に唇に触れた。

口づけはすぐに深くなり、互いの熱を求めるように貪り合う。腰をグッと押し付けられながらキスをされ、口から漏れ出る喘ぎはすべて誓の口内に消えた。

「たまらない……もっと」

吐息混じりの囁きが私の肌を粟立《あわだ》たせる。

誓が私を抱きしめたままごろりと体勢を変えて、気づけば彼の上に乗っていた。

「……えっ」

「この眺めもいいな」

グッとお尻を引き寄せられると、最奥にゴリッとした衝撃が走った。

「あぁ、ッ！」

視界がチカチカと瞬く。先ほどとは違った角度を穿たれて、私の身体は貪欲に快楽を拾い上げた。

「やぁ、なんで上……」

「清良が好きに動けるよ」

腰を押し付けられ、その衝撃で身体が跳ねる。

自分で好きに動いていいと言われても、そんなテクニックは持ち合わせていない。というか、この体勢はもっと上級者向けなのでは？

まだまだ初心者の私を上にさせるなんて、彼にはSっ気があるとしか思えない。戸惑う私をうっとりと見つめてくるのが、ムカつくやら悔しいやら……。

でもかっこいいと思うのだから、私も重症だ。

「好きに動いてって、じゃあ誓は動いちゃダメってことよね？」

鍛えられた胸筋に触れる。

お腹も硬くて、引き締まった肌はとても綺麗だ。

彼の乳首を悪戯《いたずら》したい衝動に駆られるけれど、調子にのったらあとでめちゃくちゃに攻め立てられそうなので自重しておこう。

お腹の筋肉の凹凸に触れながら、ぎこちなく腰を揺らしていく。

ひと際感じるところをこすると、確かに気持ちいい……。

「あ、はぁ……っ」

無意識に艶めいた声が出てしまう。

誓はそんな私の動きをじっと見つめ、その目がふるふる揺れる胸へと向けられた。

「あー、ダメ。やっぱダメ。もう限界」

誓が手で目元を覆った。

「もう少し余裕ぶっていられるかと思ったけれど、無理だ」

腹筋の力で上体を起こし、私を強く抱きしめてきた。

体面座位の体勢で、私の両腰を掴み上下に揺する。

「ンアァ……ッ」

「締め付けがすごい……」

切羽詰まった声が響いた。

目尻は薄っすらと赤みを帯びて、口から零れる吐息にまで色香が混じっている。

余裕のない顔が見たい。もっと私を求めてほしい。

愛なんていらないと思っていたのに、私は今までの人生の中でこれまでにないほど愛を感じて愛を求めている。

「ちか……い、もっと……私をうばって」

たくさん欲して。

私も与えられた以上に愛を返せる人になりたい。

貪欲な感情は、きっと心の奥に秘めていたものだ。意識的に気づこうとしなかった感情が溢れてきて止まらない。

「うん。清良も俺だけを見て……」

視線を合わせられる。この瞬間は、彼の目に映るのは私だけ。

キスを交わしながら余すところなく密着し、数回子宮口をノックされた直後。誓が避妊具越しに吐精したのが伝わって来た。

このままじっと抱き着いていたいけれど、そうもいかない。

誓は私をベッドに寝かせ、手早く事後処理をする。

心地いい眠気に襲われるが、瞼を下ろした直後にふたたび脚を持ちあげられた。

「え？」

「まだまだ足りない」

彼の男性器はたった今出したとは思えないほどの硬度を持っている。

その回復ぶりに驚いていると、誓が口で避妊具の袋を破った。ワイルドな仕草が実にかっこいいが、今どっから取り出したんだ。

呆気《あっけ》に取られている間に、ふたたび屹立がぬかるみに埋められた。

「あぁ……ちょお……!?」

「はぁ、たまらない。気持ちいい。ずっとここにいたい」

ずっと居座り続けられるのは困る。こっちは遠慮願いたい。

「それに清良に早く俺の形を覚えてもらわないと」

「そ、んなの言われてもぉ……あぁ、ンッ」

不埒《ふらち》な手が胸を弄る。

反対の手で私の太ももを持ちあげて、内ももに赤い鬱血痕を刻んだ。

「……ッ！」

きつく吸い付かれたまま、ざらりとした舌が痕を舐める。身体が敏感になっているときにもたらされる刺激は快楽に直結した。

理性が完全に気持ちよさに塗りつぶされそう。

そんな感覚が怖くなって、私は思わず休憩を申し出た。

「た、タンマ……！」

「何秒？」

「え」

即答で秒を訊かれるなんて思いもしなかった。

「何秒待てたらご褒美くれる？」

何故……そんな思考に……？

長く待てば待つほど、ご褒美をあげるのは私なのか。彼になにを要求されるのかわからないぐらい、頭がうまく働いていない。

「別に、焦《じ》らしプレイじゃなくて休憩をね……？」

二回戦を挑まれても、私の体力はもうそろそろ限界を迎えるわけで。

恋人に求められることはうれしいのに、過剰に求められると冷静な気持ちになるのはなんでだろう。

「俺はもっとたっぷり清良を感じさせて快楽に酔わせたい」

首筋にキスをされて、甘く噛まれる。

そんな色香たっぷりな声で囁かれたら、私の身体はいとも容易く蜜をこぼしてしまう。

「も、酔わせなくていいので……」

「でも清良もまだまだ満足してないだろう」

結合部の上にある花芽をグリッと刺激される。

「アァ……ッ」

「今夜はなにも考えずに、俺でいっぱいにさせたい」

ゆっくりと円を描くように律動が再開される。

私の頭はとっくに誓だけでいっぱいになっているのに、彼もなにか心配ごとがあるんだろうか。

誓の色素の薄い目を見ても、彼の奥に潜められている感情は読み取れない。

もしかしたら、やっぱり私と同じく前世の記憶に囚われているのかも……。

「誓……」

「うん？」

まとまらない思考で考える。

もう、前世がこうだったからとか、今世はこうしなきゃなんてどうでもいい。

私は私なんだから、好きなように生きればいいのだ。

自分の人生にリミットをつける必要なんてない。今世が消化試合だなんて決めつけるのはどうかしている。

好きになった人と結ばれて、その結果がどこに繋がるかなんて神様にしかわからないのだから。

私は自分が後悔しない道をその都度選んでいくだけ。

「……私は私が思う通りに生きるから。あなたも、好きに生きよう？」

もしもなにか憂いがあるのなら、それを一緒に払っていきたい。

人間だから悩みは尽きないけれど、私が困ったときに助けてくれたように、誓が困ったときは私が彼を救える人になりたい。

「……どうしたの、急に」

「私たち、まだまだ知らないことだらけだから」

出会って一カ月も経っていないのだ。互いのことはこれから時間をかけて知っていけばいい。

譲り合えるところは譲り合い、尊重し、対等に付き合える関係をゆっくり築いていけたら、お互い心地いいと思えるのではないか。

「そうだね……」

そして近い未来に、荒唐無稽な話をしようじゃないか。

私は前世でなかなかの美少女だったのだと。

夢物語のような話を笑って聞き流してくれたら、前世の私も浮かばれるかもしれない。そしてもし彼の秘密もあるのだとしたら、一緒に笑って長年蓄積された感情を昇華したい。

甘い声で喘がされながら、私は誓の腕に心地よく抱きしめられていた。

第七章

五月下旬。警察が八重沢の部屋を家宅捜査した結果が届けられた。

八重沢が自分で供述した通り、彼の部屋には私の部屋と瓜二《うりふた》つの部屋を用意していたらしい。使っている家具もインテリアグッズも、そして家具の配置まで同じだったとか。

庶民の味方の家具屋で購入したものばかりを使っているので、同じ家具を見つけることは難しくないはずだ。インテリアグッズも、一点ものを揃えているわけではない。

他にも、探せば似たようなペンダントライトはどこにでも売っているし、もしもお酒に酔っていたら、私が自分の部屋だと見間違えるだろう。

そんな風に思えるほどのシンクロ率は、さすがに時間をかけて準備をしたとしか思えない出来だったそうだ。

警察は私が不在中に何度か部屋に入っていたのだろうと推測している。

八重沢は往生際悪く、下着泥棒を犯した一度しか入っていないと言っているそうだが、探れば探るほど彼の余罪は多そうだ。

「手錠がついた鎖まで見つかったって、ヤバいわね……もしかしたら監禁させられていたかもしれない」

調査会社の報告書を読みながらこめかみを押さえる。

結局私も事情聴取は受けたけれど、貴島さんのおかげでスムーズに終わらせることができた。半日以上かかるのではと覚悟をしていたけれど、思ったよりは短時間で済んだ。

八重沢の精神が錯乱していることは警察も把握済みらしい。私に伝えていた運命の相手だという思い込みは、精神鑑定に回される可能性が高い。

「もしかしたらじゃなくて、確実に君を監禁する目的で用意していたんだろう。胸糞《むなくそ》が悪い」

私の隣でソファに座る誓が吐き捨てるように呟いた。

自分のために怒ってくれる相手がいるのは、なんとも心強い気持ちになる。

確かに誓が隣にいなかったら、身近に犯罪者がいた報告書を冷静に読めないと思う。

「でももしかしたら、八重沢に鎖で繋がれたい願望があったかもしれないし」

「奴《やつ》のテリトリーで自由を奪われたいなんて思うか？　君が出て行ったら終わりなんだぞ」

それもそうか……。すぐに警察に通報しておしまいだ。

そして食器類も二人分用意されていたのは、私と同棲を開始するつもりだったのかもしれない。

考えれば考えるほど気持ちが悪い。

身勝手な妄想と欲望はこんなにもおぞましいものなのか。

「もういいだろう。この報告書は俺が預かっておく」

手元の書類を抜き取られた。

誓がどこに保管するのかはわからないけど、まあいいか。私が読み返す日はきっと来ない。

「それより俺、来月誕生日なんだよね」

急な自己申告を受けた。

まだ付き合ったばかりでお互いの誕生日を聞いてなかった。血液型すら知らない。

「へえ、そうなんだ。おめでとう。なにかほしいのある？　恋人へのプレゼントって贈ったことがないから、どんなものがいいかわからないんだけど」

大抵のものは持っていそうだ。あまり高価なものは期待しないでもらえるとありがたい。

マンションの部屋は引き払って、使っていた家電製品は貸倉庫に入れている。誓は、どうせ一緒に住むんだから売るか処分すればいいと主張したけれど、私はまだ引っ越しの可能性を諦めていない。

もしもやっぱり同居は無理だなと思ったとき、新たに買《か》い揃《そろ》える方が大変だし……今のところ順調に共同生活はできているけれど。ある日突然もう少し距離を置いた方がいいと思う日がなくはないかもしれない……我ながら現実主義で嫌になるが。

「誕生日プレゼントはこれにサインするだけでいいよ」

誓が懐から折りたたんだ紙を取り出した。

折り目がついたそれを見た瞬間、私の口元が引きつるのを感じた。

「いや、いやいやいや、展開が早すぎるので無理無理、お断りします」

私の署名以外すべての欄が抜かりなく埋められた婚姻届を瞽に返す。

そんな簡単に自分の人生を変える勇気はない。もう少し時間をかけて、じっくり進めるべきなのでは！

「大丈夫、提出はしなくてもお守り代わりに持っておくだけだから」

「そうは言っても勝手に提出されたらおしまいなやつじゃない！　もしどちらかが別れを決断したらどうするつもり……」

「別れる？　どうして？　俺にはそんな未来は見えないが」

そんな断言をできるほど、私はまだ楽観的にはなれない。

「だって、人の気持ちは移ろうものでしょう？　どちらかが歩みを止めてしまえば、情なんて簡単に消えてしまう。そうならないために努力したいけれど」

永遠の愛が存在するのはおとぎ話の中だけだ。

それだって結局のところ、イイ感じに物語を終わらすために「めでたしめでたし」と締めくくっているんだと思っている。結婚という区切りがないと永遠に物語が完結しないから。

「清良以外の女性を好きになるかもしれないって？　あり得ないな」

「え、でも今まで恋人はいたわけでしょう？　私と違って」

積極的に元カノのことを聞きたいわけではないけれど、彼が童貞だったとも思えない。イケメンで社会的地位もあるのに童貞だったら、逆にどうして？　と不安になるよ……。

「俺はずっと清良を探し続けていたから。まさか出会えるなんて思わなかったけれど」

「え……」

その発言に心臓が跳ねた。

ずっと聞きたいと思いつつ、確信が持てなくて。自分から尋ねることができなかった前世の話。

誓がなにを言いだすのか、僅かな緊張を感じながら待っていると、彼はポケットから革製のキーホルダーを取り出した。

「これ、なんだと思う？」

「なにって……、薔薇と双頭の鷲のエンブレム」

「正解。でもこれを鷲だと断言できる人って、珍しいんだよね。多くの人は大抵、鷲？　鷹《たか》？　って訊いてくるし、この花も一般的な薔薇には見えないから。ほとんどの人はどこのブランドのロゴ？　と言ってくる」

……なるほど、言われてみればそうかもしれない。

鷹と鷲の見分け方などわからないし、この花は椿《つばき》っぽくも見える。

「ちなみに一般的には鷹と鷲は大きさで区別しているらしい。でもこんなモチーフになっているものなら、どっちだろうって思うよね」

じゃあなんで私は断言できたのか。

それは私がこの紋章に見覚えがあるからに他ならない。

「はっきり言おう。これはローゼンフォード伯爵家の紋章だ」

「……っ！」

じゃあ、やっぱり誓はあの男の生まれ変わりなの？

それを私が口にしてもいいのかわからず、思わずキュッと唇を閉じた。

前世は関係ないと思っていても、誓が私の首を刎ねた男の生まれ変わりだと断言されたら……しばらくショックかもしれない。多分、ちょっとだけ。心の整理を付ける必要がある。

「けれどこの紋章と俺は無関係だ」

「……え？」

「もしも君に前世の記憶が残っていたら、一番因縁のある男の紋章を覚えているんじゃないかと思って、記憶を頼りに作らせた。我ながら悪趣味だと思っている。怖がらせたらごめん」

前世の記憶とはっきり言った。理解がまだ追い付かない。

「え、え？　待って、あなたは一体……誰なの？」

かつて同じ時代を生きた人。

私の前世の記憶は曖昧で、どこの国なのかはわからないけれど。それを共有できる人が目の前にいることがとても奇妙でいて、そして同時に懐かしい気持ちになる。

胸にこみ上げてくる感情は複雑すぎて自分でもわからない。でも、ローゼンフォードの人間じゃないと断言されて、驚くほどホッとしている。

「俺は君の家に仕えていた使用人のひとり。私兵だった男だよ」

「……もしかして、栗《くり》色の髪で緑の目をしていた？」

かつての使用人の中で、私兵と言われて思い出すのはその男だけだ。

私より十歳ほど年上で、一度だけ飴《あめ》を貰ったことがあった。ひどく落ち込んでいたときに、こっそり飴をくれた記憶が鮮明に蘇る。

きちんと会話をしたのはその一回きりだったかもしれない。

あの家の私兵の中では手練《てだ》れの護衛で、王都の騎士と同格以上の腕を持っていた。

「……ああ。俺は王宮側の騎士ではなくて、君を陰ながら守ってきた男だ」

「じゃあ、あなたとローゼンフォードに関係は？」

「俺はない。だが、関係があったとしたら八重沢の方だな」

「え？」

そういえば、警察に連行されるときに誓はなにかを語り掛けていた。

すっかり忘れていたけれど、あのときもしかしたら同じようにこの紋章を見せていたのかもしれない。

「これに見覚えがあるかと訊いたら案の定、『薔薇と双頭の鷲だろう。なんでうちの家紋を持ってる?』とはっきり言った。八重沢家にこんな家紋があるのかと問いかければ否定していたが。どうやらあの男はふとした瞬間に前世の記憶が蘇っているだけのようだな」

潜在的に覚えているだけで、彼自身にも自覚がない。

八重沢の家紋は別だと言い、首を傾げながらパトカーに乗り込んだそうだ。

警察が一部始終聞いていたら、記憶障害があるとも考えるだろう。私を運命の相手だと信じ込んでいたのも、彼の精神に異常があると判断されそうだ。

「じゃあ、あの男がローゼンフォードの騎士……?」

「断言はできないが、俺はそうだと思っている」

前世で私の首を刎ねた男が、どうして私を運命の相手だと思ったのか。その思考回路が理解できない。

「殺した相手を好きになるってどういう理屈なのかしら」

「精神障害者の心理なんてわかるわけがない。だが、もしもあの男も前世の君に恋をしていたとしたら、何らかの強い感情が残っていたとも考えられる」

ぶるりと震えが走りそうになった。

首を刎ねられる瞬間の記憶が蘇りそうになり、咄嗟に首を振る。もうこれ以上余計な記憶を思い出したくないし、私は過去に囚われたくはない。

「もっと早く誓にも記憶があることを知りたかった……そしたらあれこれ考えずに済んだかもしれ

ないのに」

「記憶があるかどうかは賭けに出るしかないからな。もし君に記憶がなかったら、俺の発言は完全に電波だろう」

それは否定できない。ヤバいと思って逃げ出す可能性もある。

「理屈じゃないから説明はできないが、俺は君と出会って一目で君が探し求めていた俺のお姫様だと気づいたよ。旅行先で困っているところに遭遇できたのは、運命としか呼べないと思わないか？」

「運命……」

運命なんて信じたくないと思っていたのに、不思議と誓に言われるとその言葉に納得がいく。彼との出会いは運命かもしれない。そうじゃなければ、私は今ここにいないのだから。

「俺の粘り勝ちだ。言っただろう？　今世は一緒の墓に入ろうって」

「発想が物騒……！」

もっとロマンティックな言い方はできないのか！

でもまあ、ひとりきりのお墓は寂しいだろう。

死んだ後まで一緒にいてくれるのだと思うと、なんだかいろいろと心強い。

ここまで執着されるのも悪くないかもしれない。

「浮気したら即離婚」

「万が一にもあり得ない」

その言葉を墓場まで信じていいのかは、これからじっくり検証するしかない。
誓からペンを渡される。
もうどうとでもなれという覚悟を持って、私は婚姻届に署名した。

前世処刑された悪女なので御曹司の求愛はご遠慮します

番外編
悪女の真実

★

ルネッタブックス

ブラックモア侯爵家の当主は呪われている——。

ダリル・ゴドウィンがそんな噂話《うわさばなし》を聞いたのは、年の離れた兄の婚約が一方的に解消されてからしばらく後のことだった。

ブラックモアは貴族の中でも建国から続く由緒正しい侯爵家であり、特に有名なのは代々の当主が偏執的なほど美しいものに固執する性質だということ。

美しさの定義は人によって異なる。それを象徴するかのように、ブラックモア侯爵は己の主観で美しいものを蒐集《しゅうしゅう》し、そして妻となる女性を選び続けてきた。

歴代の当主が娶《めと》った妻は、皆特徴的な美しさを持つ女性ばかり。

鈴の音のような声、波打つ艶《あで》やかな金の髪、豊かな胸、特定の目の色……そして一番大きいのが顔へのこだわりだ。

ブラックモア侯爵の琴線に触れた顔を持った女性なら、身分など些末《さまつ》なもの。他の高位貴族が貴族以外の女性を娶ることは滅多にないが、この一族だけは例外だった。

当主の美的感覚で選ばれた女性の中には、市井に住む少女もいたらしい。ただの一般市民が貴族に抵抗することなどできるはずもなく、多くの女性は望まれたまま侯爵の妻となった。

歴代の当主の多くが容姿の美しさを基準として妻を選び続けてきたため、ブラックモア一族は皆非常に容姿が整っていた。美しさを追求した結果、その遺伝子を継承し続けたのである。

だが、何代にもわたった美への執着は、次第に歪みを生み出した。

オーガスタス・ブラックモアが妻に選んだ女性は、下位貴族の末娘だった。

幼馴染《おさななじみ》である商家の息子との婚約が決まり、婚姻式まであとひと月ほど。そんな中、オーガスタスの目に留まってしまった女性は不運と呼べただろう。

彼女の目はとても美しい菫色をしていた。オーガスタスはその目を一目で気に入った。

彼の美の基準はわかりやすく顔だった。

美しい顔といっても判断基準はとても曖昧だが、言葉で説明できるほど容易いものではないらしい。左右対称の黄金比は存在しても、数値で測れるものだけが美ではないのだとか。

オーガスタスの目に留まった男爵令嬢のクレアは、相思相愛の婚約者と別れさせられ、泣く泣く侯爵家に嫁がされることになった。

まだ成人を迎えて間もない十八歳の令嬢が三十一歳の侯爵に無理やり嫁がされることを、ある者は悲劇だと言い、またある者は幸運だと言った。

ブラックモアの風変わりな欠点を除けば、侯爵は誰もが認める美男子だ。顔がいい高位貴族に望まれて嫁ぐのだから、幸運だと言えるだろう。

婚姻から一年後、クレアは女児を出産した。同じ菫色の瞳を持った、愛くるしい赤子の名前はヴィオレリア・シエラ・ブラックモアと名付けられた。

だがヴィオレリア――ヴィオラがまだ三歳にも満たない頃、クレアはバルコニーから転落し、打ちどころが悪く命を落とした。

僅か二十二歳で儚くなったクレアの死を、幼馴染であり婚約者だった男は嘆き悲しんだ。酒に溺れる兄の姿を見て、年の離れた弟のダリルは、クレアの死の真相を探るために呪われた侯爵家に潜り込むことを誓った。

ただの商家の息子が十三で騎士学校に入学し、ブラックモア侯爵家の私兵として雇われるまで十年の歳月がかかった。

十三歳になった一人娘のヴィオラは美しく成長し、社交界デビュー前だというのに貴族間で話題になるほど注目を集めていた。

混じり気のないプラチナブロンドの髪に、神秘的な菫色の瞳。日焼けを知らない真珠の肌は肌理《きめ》が細かく、ツンとした鼻梁《びりょう》と小さな口唇がバランスよく配置されている。

神々しいまでの美貌を一目見ようと、彼女が参加するお茶会には大勢の人間が殺到し、次第に聖女と崇《あが》める信者までもが続出した。ヴィオラが持つ色が、神話に出てくる豊穣《ほうじょう》の女神と同じだったことも、彼女を神聖視する要因となった。

誰に対してもにこやかに接する侯爵令嬢を、ダリルは相当甘やかされたわがまま令嬢だと思っていた。

すでに彼女には多くの婚約の打診が入っていたのだが、娘を溺愛する侯爵は厳しい条件をつけていた。

一番の条件は、ヴィオラが望んだ男を婿にすること。

そしてヴィオラは、自分に相応しいと思う一番美しいものを持ってきた男性を選ぶと宣言した。

齢十三にして、ブラックモア侯爵家には多くの貢ぎ物が集まった。わがままな令嬢のたわごとを真に受ける男たちに、ダリルは呆れた気持ちで陰ながら彼女の護衛を続けた。

だがヴィオラを観察するうちに、少しずつ違和感を覚えるようになった。

たくさんの貢ぎ物を貰っているのに、ヴィオラが身に着けるものはいつも変わらない。首飾りも耳飾りもなく、宝石はひとつも身に着けていない。

髪につけるリボンの種類はたった二つだけ。ドレスは数着あるようだが、きちんと着まわしている。毎日のように新しいドレスを身に着けるような贅沢はしていないし、社交界に出るとき以外のドレスを仕立て屋が作ることもない。

それならば、彼女への贈り物はどこに消えた？

ヴィオラ付きのメイドに問いかける。時折ダリルに色目を使ってくるメイドは、彼が訊いていないこともペラペラと話しだした。

『お嬢様への贈り物はすべて奥様の懐に入っているのよ。宝石も珍しい工芸品も、すべて奥様が気に入ったものを先に選んで、気に入らなかったものをお嬢様へ返しているの。残り物が一番美しいものだとでも言って。そもそも婚約者選びだって、お嬢様が望んで言ったことではないのに』

『自分に相応しいと思う美しいものを持ってきた男を選ぶ、というやつか？』

『そうよ、言わされているだけよ！　あんなの奥様がお嬢様に言えと言ったからに過ぎないし、旦那様にいたってはお相手を顔で選べと言っているのよ。優れた容姿を継承させることしか頭にないし、お嬢様を人形扱いするし』

『人形？』

そこでダリルははじめて知った。

ヴィオラは継母を実の母だと信じている。そして後妻であるアレクシアは、ヴィオラを幼少期から人形だと言い聞かせているのだと。

『私はまだお屋敷に勤めて長くないから詳しくは知らないけど、クレア様の事故だって本当は事故じゃないって噂で……』

『なんだと？』

メイドは慌てて口をつぐんだ。どうやら先妻であるクレアのことは、この屋敷では禁句になっているらしい。

私兵として雇われている身では、動ける範囲が限られてくる。ダリルは毎日の鍛錬を続けながら時間が許す限りヴィオラの周囲に目を配るようにした。

やがて副隊長にまで上り詰めた頃。ヴィオラの護衛として傍にいられることが増えてきた。

『お嬢様、転んで痛いときにまで笑顔を見せる必要はありませんよ』

痛いはずなのに、痛がる顔を見せない。

貼り付けたような笑顔を崩さないヴィオラを見て、ダリルの胸に不安が広がる。

『ごめんなさい、わからないの。わたくしはお人形だから、笑顔以外の感情を見せてはいけないのですって』

『誰がそんなことを……』

すり傷の手当をしながら、ダリルは眉を顰めた。そんな風に洗脳してきたのは、継母であるアレクシアに違いない。

微笑を崩さないヴィオラを見つめる。クレアと同じ瞳を継承したクレアの娘。兄と幸せな家庭を築くはずだったのに、母子ともに幸せは奪われ続けている。

ヴィオラが精神的な虐待を受け続けていることを、屋敷の人間は誰もが知っている。けれど誰も咎《とが》められない。

いつだったか、ブラックモア侯爵家の当主は呪われているという噂があった。美しさに固執し、周囲を不幸にすると。

ヴィオラが幸せになる方法はこの家から出ることだけ。けれど一人娘の彼女は、婿を取ることを義務付けられている。

このままずっと搾取され続けるのか。歪んだ家に囚われて、正常な判断を奪われて。

周囲は彼女の容姿だけをほめそやし、侯爵は娘を最高傑作だとのたまっている。継母はヴィオラを金蔓《かねづる》のように扱い、ごみ箱のように不用品を施し続ける。

ダリルの胸に広がる不快感は一言では表せられない。この家に関わらなければクレアも長生きができたのにと、やるせない気持ちになった。

『痛いときや辛いときは、我慢せずに言っていいんですよ。我慢ができたら、私がご褒美の飴をあげましょう』

少女が好みそうな飴が入った小瓶を、ヴィオラにそっと渡した。

それを見た彼女の表情の変化に、ダリルはグッと胸を摑まれた。

『うれしい……ありがとう』

仮面のような笑顔ではない、心からの笑顔。

ヴィオラが喜ぶ顔を直視した瞬間、ダリルの胸が苦しくなった。先ほどまで感じていたやるせない感情とは違ったものだ。

ただこの笑顔を守れたら……幸せとはなにかを彼女が知ることができたら。

そして愛に飢えた少女が自分の傍で愛を知っていくことができたら……。

いつしか心の奥に仄かな願望が芽生えるが、やがてヴィオラを取り巻く環境はダリルには手が出せなくなるほど悪化した。

国王の暗殺未遂は、つい最近ヴィオラの信者となったばかりの新参者が主犯だった。

だがこの男は、保守派の息がかかった飼い犬——つまるところ、息子と同年代の少女にうつつを抜かした国王の目を覚まさせるための自演であり、ヴィオラは冤罪を着せられた。

国が傾きかけるほどの美貌は誰のもとに嫁いでも火種としかならない。

隣国にまで知れ渡っているヴィオラを国外追放にしても、この国の情勢は回復しないだろう。むしろヴィオラを慕う新たな勢力が国外で発生したら厄介だ。

ならば、適当な罪を作り上げてヴィオラを処刑するしかない。国を守るためならば、尊い犠牲はつきものだろう。

ヴィオラを聖女と神聖視していた男たちは、誰の手にも入らなければ聖女のままで崇められたのに、誰かの手に堕ちるのならばいっそ悪女となってしまえと、あっさり手のひらを返した。

身勝手な心理だと反吐《へど》が出る。

ブラックモア侯爵はヴィオラを売り、娘を悪魔憑きであると言った。

甘い蜜を吸い続けてきたアレクシアは、自分はあの美貌に惑わされていた被害者だと訴えた。

一番の悪魔は誰なのだ。断罪されるべきはその身に醜い魔物を飼い続けるお前たちではないか。

だが、そう言える力をダリルは持っていない。

雇われ私兵の男には、国を巻き込んだ令嬢を救う手立てがないまま処刑が執行された。

雪が舞う冬の日に、純白のドレスを纏ったヴィオラは息を飲むほど美しかった。

悪女だと罵っていた野次《やじ》が消えるほど圧倒的な清らかさを放ち、そして処刑場には似つかわしくない花嫁衣装が群衆の視線を釘付けにする。

誰の手にも落ちなかった侯爵令嬢は、何故このような状況でもその美貌を陰らすことなく微笑んでいられるのだろう。

ダリルはヴィオラの隣にいる男に視線を向ける。

ヴィオラの求婚者でもあった男――ローゼンフォード伯爵家の嫡男だ。

処刑の執行人ではなかったはずなのに、直前で変わったらしい。偏執的な視線をヴィオラに向ける男を、ダリルは要注意人物だと思っていた。

ヴィオラの命を刈る死神を、ダリルは一生忘れない。大事な少女の最期の瞬間を他の男にゆだねなくてはならないなど、自分の不甲斐《ふがい》なさで腸《はらわた》が煮えくり返りそうだ。

首が刎ねられた瞬間を目に焼き付けて、ダリルはブラックモア侯爵のもとへ向かった。

被害者だと主張し続ける当主夫妻を捜しあてて、剣を突きつける。

オーガスタスは、クレアの不慮の事故は彼女の精神が病んだことが原因だと言った。だが問い詰めていくと、彼女が精神を病んだのはオーガスタスが原因だった。

優れた容姿の子供を産むことをクレアに求めすぎた結果、オーガスタスが満足するほどの美貌を持ったヴィオラが生まれてしまった。

歪んだ家に生まれた我が子が、幸せになれるとは思わなかったのだろう。次も顔が美しいだけの子供を求められることに強い拒絶が生まれてもおかしくはない。

クレアは容姿に固執されすぎたことで心を病み、自身の頬に剃刀《かみそり》で傷をつけた。それをオーガスタスが激怒した。妻をひとりの人間だと認めず、自分の私物だと考える男は、彼女の自傷行為を許せなかった。

揉めた末にバルコニーから転落したが、オーガスタスは自分が彼女を突き落としたことを認めた。

……その証言を聞き、ダリルがとった行動はひとつしかない。


——そこまでの記憶しか残ってないんだよな。

十中八九、前世の自分は侯爵夫妻の息の根を止めたのだろう。だが何度思い返そうとしても、その詳細までは覚えていなかった。

自分だったらどうするかを考えるが、生まれた時代が違いすぎるため結論は出ない。現代に当てはめて考えると、法に触れないギリギリを狙って社会的に抹殺するくらいだろうか。

「見て、誓！　すごいでっかいヒトデがいた」

ゴミ袋を片手に海岸で楽しそうにしている清良を見つめる。

この日は江《え》の島《しま》のビーチクリーニングのボランティアに参加している清良に付き添って、誓も海岸に落ちているゴミを拾っていた。

「へえ、こうやってヒトデを見るのってはじめてかもしれない」

「だよね、食べられるのかな」

「かわいそうだからそっとしとこうか」

清良の手を取りヒトデから離した。

この周辺のゴミは片付けたので、場所を移動した方がいいだろう。

「いや、ほんとに食べようなんて思ってないけどね？」

「わかってるよ」

清良は前世と比べて随分逞しく、そして好奇心旺盛だ。人形になるよう求められていた反動で、今世では活動的なのかもしれない。

――ああ、思い出した。前世も今世も、俺はどうやら彼女の目に弱い。

清良と目を合わせて、一目で心を奪われた。目が合っただけで心臓が弾むなんて現象は、後にも先にも彼女にだけ。

前世では見守ることしかできなかったが、今は違う。

手を伸ばせば触れられる範囲に清良がいる。

その幸せを噛みしめながら、誓は問いかける。

「そろそろ籍入れようか」

「情緒！」

未だに手元にある婚姻届の提出はいつになるのか。

それが目下の悩みだった。

あとがき

お久しぶりです、月城《つきしろ》うさぎです。

ありがたいことに、ルネッタブックス様より二冊目の本を刊行させていただきました。

前回は投稿サイトからの書籍化でしたが、今回は新作の書き下ろしを書かせていただきました。

『前世処刑された悪女なので御曹司の求愛はご遠慮します』いかがでしたでしょうか。

前作の『彼と私のドルチェな事情』はヒーローとヒロインが男女逆という、王道とはまたちょっと違った作品でしたが、今作は明るい王道ラブコメを意識してみました。

そしてお気づきになった方もいるかもしれませんが、ヒロインの清良が勤務している職場は、ドルチェの二人と同じインテリア会社だったりします。名前だけ、ヒーローがちょこっと登場してます。部署は違うので接点はないという設定ですが、作者的には楽しかったです。

今作のヒロインは不運体質ですが、反対にヒーローがヒロイン限定で（？）運がいいので、プラマイゼロで相殺されそうだなと思ってます。

運って自分の力でどうにかなるものではないので……不可抗力なトラブルに巻き込まれたときはどうしたらいいのだろうと考えながら執筆しておりました。

気持ちが落ち込んでいるときに外国で親切にされたら、いつもより警戒心が発動せず絆《ほだ》されてしまう可能性もあるなと思い、このような出会いになりましたが。これはフィクションですので！海外での親切な人にはお気をつけて。警戒心は常に持っておきましょう。

紳士的に振る舞うこともできるのに、再会直後から素の自分を見せつけてくるヒーローを書くのは楽しかったです。

今作はなかなか思うようにキャラが動いてくれず、途中で三人称から一人称に変更し、清良の性格を残念な方向に修正し……と、手強かったです（汗）。

いつになく完成までに時間がかかり……無事に刊行できて安堵してます。

謝辞を。

カバーイラストを担当してくださった唯奈《ゆいな》様、素敵な二人をありがとうございました。イメージぴったりの清良と誓を描いていただきとてもうれしいです。

担当編集者のH様、今回も大変お世話になりました。途中であっちこっちに方向性を変えてしまってすみません……いつになくハラハラされたことかと思います。間に合ってよかったです、ありがとうございました！

この本に携わってくださった校正様、デザイナー様、書店様、営業様、読者の皆様、ありがとうございました。少しでも楽しんでいただけましたら嬉しいです。

月城うさぎ

ルネッタⓁブックス

前世処刑された悪女なので御曹司の求愛はご遠慮します

2023年2月25日　第１刷発行 定価はカバーに表示してあります

著　者　月城うさぎ　©USAGI TSUKISHIRO 2023
発行人　鈴木幸辰
発行所　株式会社ハーパーコリンズ・ジャパン
東京都千代田区大手町 1-5-1
03-6269-2883（営業部）
0570-008091　（読者サービス係）
印刷・製本　中央精版印刷株式会社

Printed in Japan ©K.K.HarperCollins Japan 2023
ISBN978-4-596-76821-6